AQUARIUS

AQUARIUS

AQUARIUS

AQUARIUS

每個人心中都有一座島嶼，

藉文字呼息而靜謐，

Island，我們心靈的岸。

墨觀

朱宥勳

【推薦序】

以理論，——潛航抒情。

——與試讀朱宥勳《堊觀》的註釋K①

◎高翊峰

這一次重讀，我先想到了，形式②。

我問了自己一個問題，朱宥勳準備在形式、形式、形式這樣的複述形式裡，用寫（小說），**紀錄、編整、變造、偽造，乃至於，留存什麼？並以此遺**忘？

提問同時，我想起尚未遺忘的。

那一夜，朱宥勳在我看完更早版本的《堊觀》之後，他像某一故事內的敘事者，前往離我公司不遠的咖啡廳，尋找《堊觀》初定版的文本可能。我記得，那天傍晚，天灰白的速度加快了，快得連溫度都可以看見。我們就著半涼的飲品，討論從最初開始的單一短篇〈堊觀〉，變成一部《堊觀》的轉化。最初，我們以為這可能是一部偽裝的「長篇小說」，但入夜前後，我們一直圍繞著曖昧的「有機體連貫短篇」。

這一切，如起始於形式，也應終句於形式。

當他將終定版交給我時，我問，相較上一版本，調整的幅度大嗎？他回覆，不大，只是做了一些微調。

但再次讀完新版，我確定，朱宥勳說謊了。

那些看似微小的調整，其實引起了文本板塊的劇烈擠壓，或許該解釋為，原本那些看似碎裂的短篇，都在漏接的遙遠本壘板後方，偷偷堅固鑲嵌。他為了對焦銳利刺點的多次調校動作，讓《堊觀》這部小說，翻越了偽長篇的不安，高高聳立了連貫短篇的理想有機體狀態。我假想，作者對此是意識清楚的，如同〈今夜星光〉的目的性陳述——「**就將軍這一行來說，唯一比沉默更**

能保守祕密的方式，就是說謊。」

這終版的《朢觀》，朱宥勳剔除了形式的肉芽，將複雜的連貫企圖，削出更精煉誘人的骨幹。但真實目的，可能不是為了消除迂迴，或者壯大指涉力量，令我安靜下來的推測是——**在形式的底層，究竟還能推擠出什麼樣的「形式情感」？**出現這樣的調校企圖，才是朱宥勳這位理論狂熱分子令人無比驚豔、也深深撼動我的地方。

在上卷諸篇中，他以更明確的「註釋」，讓不必然是〈朢觀〉的唯一作者C，隱身其中。這同時也多層次放大了下卷〈說話課〉③裡，那位治癒敘事主體「我」的大學時鄰居C。這些不同短篇中的敘事者視角，在我的閱讀過程，與〈墨色格子〉④中被生之棋盤隔活牆裡的叔叔、〈標準病人的免疫病史〉的標準燒燙傷病人，以及〈今夜星光〉的將軍兒子……這些喪失記憶動詞的「朢人」，靜悄悄形成了互為隱喻、彼此透視的游離身分，讓集子裡短篇的「連貫組織」，與硬度相同的抽象情感們，如洋蔥在生成中包心覆核⑤。

再者，上卷做為朢人被喚回之後重新複述的故事群組，以敘事，引讀者一步步靠近坙觀；下卷諸篇，如〈認得〉裡以軀體紋火入字的倖存者小瑜、〈自白：加路蘭中心簡史〉⑥最後進入大沉睡時間夾層中的「我們」，都成了逃離坙觀之後的報信人。這上下兩卷，一前一後，不論有意或者無心，都成了一種巧妙的呼應，如投手投球，球在離手瞬間，咬中空氣的那條透明線，並在失去空氣阻力的曠野中，沒有盡頭地等速飛行⑦。

幾次閱讀的破口，我曾想要放棄，形式。

但每當如此，我便強迫自己回想起那尚未遺忘的，小說家C曾經偷偷告訴我、朱宥勳的寫作模式——他花費四個星期，僅在心底架構小說的每一處細節，但一字不寫。等想清楚之後，僅以四天，將自己關閉於灰白的坙地之觀，在記憶被取拿之前，完成這一個短篇。當然，還有他在《誤遞》後記〈我的地址是……〉所堅定的信仰——「**我始終相信一種關於文學的說法：『form talks』，形式會說話，選擇形式就是選擇內容。**」

我於是說服自己：因為《坙觀》的形式感是如此立體明確，我才被允諾得以撲空形式，專心感受小說內裡無法全然環抱的抒情。我試著與各故事的角色，一同走踏那片「**彷彿有什麼力量在那山腳處畫了一條線便終止一切生命前進**」的泥火山；並遁入埡觀，也返回火場原址興建的加路蘭中心。

我花去幾天時間入觀出觀，最後在行進間的公車上，結束重讀。我一方面擔憂著，另一方面卻又興奮預想，《埡觀》在對抗的，不就是「**用寫，——遺忘。**」這樣的書寫本質！以寫記錄我們終將遺忘的現實，這要犧牲死去多少寫作的執念，才能抵達？悲哀的是，我們終究會接受遺忘本身不可逆的宿命，並在接受之後，開始以一種知悉如此的內在，緩緩度過即將被竊走的逝紙。充其量，我們只能在不被打擾的狀態下，堅持那份逐漸軟化成過往的日常，最終轉化成活者能承受的舊調抒情。

真的只能如此了。**遺忘——，用寫**。

如那突然回到家中的將軍兒子。我在通過家門的瞬間，確實清楚感覺到自己突然成為一位輕忽「記憶」的閱讀罪犯，恐懼著某種足以讓人突然熄滅的埡質現實咒語。

我以為，我自白了。我以為，我面對著埡觀，施以說話的自我恢復術，但那些內在世界的複音，真的是泥火山壅觀回覆給我的迴聲？……我不停猶豫懷疑，不自覺地練習起幾種常見的標準讀者的閱讀病史。

我擔憂，最制式的問診試煉會是：

醫：如何能聽見喊山之後的迴音話語？

病：根據只能信仰的小說內在邏輯，我對之呼喊的，是那座泥火山裡會將一切文字、聲音，甚至記憶消除的壅觀啊⑧！

以此複述。可能有人會說，不如一篇篇分開來閱讀，並不會不妥。但對那些相信想像力的讀者，我深深建議，請一篇篇包裹捆綁後閱讀，這樣才能自由進出壅觀，不至於「**什麼都忘記了**」。

壅觀，做為命題中心卻成為黑洞的問題，與它消除與遺忘一切的曖昧可能，最適切的解讀方式，極可能已經由隱身於小說中、那位研究「記憶」的名家C·Y·S教授，於一篇名為〈抒情考古學——大沉睡的時間夾層〉，以後設結構的「附錄敘事者角色」，做出了某一面向的分析。我的複述，無法如那位「我試過、我試過了」的棋手，精準覆盤。也不應該有覆盤的嘗試。但我私心相信，不容超越的的美麗表述，已經由C·Y·S教授給予了——**我們能走到最遠的地方就是巠觀，就是大沉睡，再遠，是連電腦資料都無法記住的地方了。**

做為一位讀者，我十分慶幸，能夠閱讀到朱宥勳以短篇連貫形式換取小說內在抒情最大可能性的理想演出。接下來，被倒數出來的，會是什麼樣的長篇小說？我衷心以一位等待中的狂熱讀者，時時期盼著。

---

① 「我被迫與『本文作者』一同在小說作者影印的《巠觀》簡易裝訂稿本上，標示我的閱讀注釋。並以此注釋說明什麼，寫落什麼。」（K，二〇一二）

② 「我只能以形式，對話／對抗〈巠觀〉中C所設定的形式規則？」（K，二〇一二）

③ 「面對說話，我其實是不安的。因為說話，可以如此鮮明表意。那些逐漸被說出的立體現實，並非真正的日常。像是我落入井底。剛開始不停對自己說著天空的模樣，用以加強對天空沒有邊際的記憶。但我在井底仰看天空，只能等日子過去，然後，在沒有任何預警的一天，開關被切過去了。記憶裡的天空，就變成在井底可以看見的天空。白雲一樣偶爾飄過藍底，細雨一樣落入井底、濕潤我的臉頰。即使掉落一隻在空中決定傷心死去的麻雀屍體，我在井底所能看見的，便是往後我所有的天空了。說話，因此不安。」（K，二〇一二）

④「建立起完整的邏輯之後，小說的下一手棋，會是什麼步法？」（K，二〇一二）

⑤「關於覆核，是否需要回溯到《誤遞》？那時也是一部遺忘，或者一次印證遺忘可以是書寫全景景觀的嘗試？在那段遺忘的過往時光裡，『用寫，——遺忘。』其實已經露出表徵——『我們不要說話，我們只要抱著、牽著、直到忘記了對方，不明所以地站起身來。忘記了這莫名加諸、不知何時才打算離開我們的命運。』是否該相信那些由過去的堊人所複述的過去故事？如果我心存懷疑，那我不相信的，必然是遺忘本身吧。」（K，二〇一二）

⑥「本文作者在心底感到驚慌——『書寫到這故事，小說作者是否已經意識到那巨大無比的另一長篇可能？』我也是的，在等待中為C驚慌。」（K，二〇一二）

⑦「這原本應該是場標準比賽。場上除了打擊區的一名打者，與隱身其後的下一位代打者，再扣除掉那篇處於『本文已被刪除』的〈白蟻〉，C隊應該要遵守九人制常規。但我們方落入『標準比賽』的陷阱之後才發現，其實從一開賽，就沒有任何捕手蹲在本壘板後方……」（K，二〇一二）

⑧「即使曾經抵達記憶幻地，但我還是太輕易相信，被虛構出來的自己，依舊有能力精準覆盤本文作者的敘述記憶。」（K，二〇一二）

⑨做為沒有標記的第九個註釋，我該是那位不在場的捕手。面對可能逃出手套的漏接球，我如場外觀眾，都屏息等待《堊觀》這顆球，又會從投手指尖形幻出什麼樣的變化路線，以及咬過本壘板之後，即將引領我們抵達的所在。（高翊峰，二〇一二）

【導讀】

越進空白邊界，以失憶抒情

◎蕭鈞毅（清華大學台灣文學研究所）

作者宣稱，他找到了郁達夫在南方失蹤之後的一批殘稿，以引文的方式將這些殘稿接用在行文中。

這不正是我決定的寫作形式？

——《墾觀》〈墾觀〉

這是一部複雜的小說。其來源不為別的，正是因為主題「墾觀」的困惑難解、以及追隨失蹤的C的書寫者決定了這種用引文結構小說的寫作形式。至此，我們起碼會有兩個疑問：墾觀究竟是什麼？以及，此一寫作形式在文本中的用意、其形成的力量為何？

要解決這些疑問，我們可以先從小說的篇章安排下手。

作為「一本」小說，《窒觀》選擇了以短篇組合為長篇的方法，每一篇短篇又各自負責不同的角度來看待窒觀的存在，這種貫串組合短篇的方法，雖不罕見，但有趣的是，分成了上下卷的《窒觀》，其實隱含了病理發展的線性敘事，在小說中被許多角色認為是某種疾病（由語言治療師、官方治療機構來處理「患者」）的「窒觀」，伴隨著篇章的安排，從上卷頻頻出現引文以聯結失蹤者C和文本的安排，到了下卷以後，引文消失，而故事的內容也從原本近似於旁觀的視角轉折進治理的療程，這種編排同時也預言了窒觀此一「被認為」的病徵其最後結局：大沉睡——一瞬間所有人類集體進入睡眠，等到再次醒轉，過去的語言和文字已經被拋擲入時光的裂隙裡，而更重要也更為人恐慌的是，記憶，也同時消失了。

再者，關於窒觀的形貌與內容，跟著章次由前至後的移動，不難發現，，作者（誰？）看起來似乎不想說得更多，作者只留給讀者一種「餘生」後的視角：無論是〈倒數四三二秒〉的阿樺與小梅、〈墨色格子〉裡的正勇、〈標準病人的免疫病史〉裡燙傷的兒子、〈白蟻〉走進被侵蝕的虛構堊觀，或是〈堊觀〉裡追隨失蹤者C的書寫者在桌子上刻寫C的文稿、以及下卷裡各篇如〈說話課〉的語言療程、〈今夜星光〉將軍的迷惑、〈自白：加路蘭中心簡史〉的龐大療癒機構等，所呈現的皆是在「堊觀」出現以後，餘下的人，努力要記下與回溯記憶的渴望，或者說，恐懼，所有原本在堊觀外的人們亦不可避免地進入堊觀——這裡指的並非真的走進實際上的堊觀裡頭，而是追隨著失憶與文字剝落的旋力，被扯入記憶解離的抽象空洞裡。

堊觀便是這樣一種由外旋內的空白，套句敘事者的困境：「對堊觀的描述只能有上面這短短的幾百字而已（而且還有大量的否定詞——我根本說不出「有」什麼，只有不斷的無、無、無……）」敘事者（或作者？）找不到形容堊觀的精確語句是情有可原的，因為堊觀在小說的世界觀裡，其本身就只是一個概念、一塊荒土，一個在造物史中緩慢演進而成的「堊地」（還記得加路蘭中心嗎？它只是建立在堊地之上，就不由自主地變成了第二個、且更為巨大的噩觀）正因為作者有限度地節制對於「噩觀」本身的書寫，關於「噩觀」到底是什麼此一問題，恐怕也不再是最重要的重點；重要的是，《噩觀》向我們說了什麼。

我認為《噩觀》是一部充滿詩意的「餘生」圖景，它演示了生命中某種創痛在發作之後瞳仁色澤漸次黯淡、情感色調緩慢褪淡後的蒼涼；它同時透露了語言文字、符徵符旨在集體記憶中的脆弱與不可靠，它們是如此輕易地被丟失，只因為情感漸趨飽和，其重量便使文字符碼再也無能承載。整部《噩觀》是一種對於「情感」的傷感隱喻，它站在一個溫柔的毀滅者的立場，向所有《噩觀》的讀者說一則動人的、關於失憶以後如何抒情，或者更確切一點地說：如果我們賴以維生的符碼如壁上白漆、經過一次和緩又暴烈的睡眠沖刷，漸漸融蝕之後，我們該如何記憶？該如何抒情？

關於這個令人悲傷的問題答案，容我再援引《噩觀》的起點、第一篇短篇〈噩觀〉中的語句來說明：「詮釋學古老的箴言：理解即重建。或者說理解即重寫，臨摹意念為字。」

理解即重寫。如同追尋C的敘事者他所做的，不斷重寫，至此回到前面另一則沒有解決的問題，敘事者理想中的這種書寫形式到底生成了什麼力量？若我們細心盤查，會發現在《踅觀》上卷的引文註釋裡不斷有C的影子。也許我無從確定上卷的幾篇小說是否出自C的手筆，引文是否為C的後設陷阱；還是，如同追尋C的敘事者明言的引文形式，這些埋藏在上卷小說們裡的引文，都是敘事者在小說裡探尋C的蹤跡的一種嘗試？那下卷呢？為何下卷不再有引文？

這種後設型式的書寫形成了這部小說在策略上的複雜度，但這並非某種只圖炫目的魔術而已，因為〈踅觀〉一篇裡敘事者已經透露出難以平復的斲傷，因為他的一切行為與思考，似乎只剩下「尋找」這個動作了。也因此，他要找到他的小說家朋友C，便只能在文稿裡來回巡逡，藉由不斷地詮釋、理解、重組以求能得到他的線索，於是C「唯一的文稿已在我的抄寫之下漫漶、移位、錯體……」，他重寫C的故事、他把握了C的解釋權，他希望能在這種種的努力之下看見C的蹤跡。

他的重寫形成一種對立於噩觀的力道。他試圖以重寫來重建關於C的事情，但他越重寫、便越難記起，於是，他只能抵達幾篇還在噩觀外圍的上卷，到了噩觀毀棄以後，所有從裡頭出來的人、皆如同一個刻度被錯撥的時鐘般傾斜，他們已不再是「原本的」，所以，下卷的引文也消失了。而最諷刺的是，這樣一種對立於噩觀的記憶拉扯，最終也只是讓敘事者宿命的被捲進噩觀裡。

因為他所能抵達的、最遠的地方，便是噩觀了。

垩觀 目錄

用寫，____遺忘。

上卷

壅觀

我去過堊觀一次。

知道這個地方，是讀了C未發表的文稿〈堊觀〉①。據他所言，這個地方既不是寺，也不是觀，當地人因著地形為它取了這麼個怪名字，裡面的人好像也就這麼接受了。他說他是在一條冷僻的資料裡找到這個地方的，在距離東海岸線不遠的鄉間。他並沒有說清楚是哪一條資料，我完全可以想像他，我這位喜好賣弄掌故的朋友，是懷著怎樣的惡作劇與得意心態在刻意地模糊其詞的。

我在東海岸找了幾週，才在當地人的指引下找到堊觀。車子沿著花東縱谷的公路南下，經過一處新開發的海岸景點，前一刻還覺得望過去只是幾叢針刺短小葉肉肥厚的仙人掌，一個拐彎忽然就不見了海。夾著公路兩側的平坦稻田延伸出去，右邊盡處的山脈毫無遮擋地赤裸著。這不是我第一次看見堊地——所謂泥火山——，但卻是整個畫面最違和的一次。堊地灰質、寸草不生的土壁垂直下切，正與油綠的稻田相接，彷彿有什麼力量在那山腳處畫了一條線，生命在此終止，不得向前。就在那灰綠衝撞的線上，一幢紅柱金簷，既像是寺又像是觀的建築物突兀地立在那兒。

司機問我：「你備去衝啥？」

「找一個朋友。」我說。

關於C，他，我所能找到最精確的形容詞就是「我的朋友」。再多的，彷彿就要失真。以一個極度寬鬆的標準來說，也許他可以算是個小說家。——就像我可以說某人是個歌手、某人是個政治家、某人是個偉大的領袖……比起來C並不更名實相符，但也不更名不符實。他寫過幾篇小說，發表在一些讀者也還算多的雜誌，有的時候也寫詩、寫雜文，可是無論寫什麼，都沒有到能夠出版的地步。

我最後一次見到C的時候，他回到我們一起賃居的房間，交給我一疊影印稿，說：「我得到母親的消息了。」他一直在尋找兩年多前離家出走的母親，這我是知道的，幾乎每隔幾週他便會這樣來一次，然後遠行幾天，再一身汗臭地回到房間，倒頭悶睡。但最後的那次，我疑惑地接過以往沒有的一疊影印，還沒來得及問，他便搶道：「這次可能會去很久、很久、很久。」

眾所周知，他已經失蹤近一年了。這雖不是什麼震動人的消息，但報紙上好歹也登

①C，〈堊觀〉（二〇〇七），頁一。

了幾篇「青年小說家失蹤，疑似旅行意外」②之類的報導。警方曾經找我問過話，也有雜誌社的人來探詢是否有什麼遺稿可以做「紀念專號」。我一概禮貌地應付了。我們最後一次見面時他交給我的影印紙，正是他所有的文稿。這些文稿包含了所有發表過的作品，然而有大半是從未面世的。特別值得注意的是這疊稿子的最後一篇，僅有標題〈死在……〉，接下來並無正文。

我相信他將文稿交給我是有用意的。或者這就是找到他唯一的線索——是的，我並不相信他已經死去，因此我不能發表這些作品，也不打算協助那些紀念什麼的活動。紀念只是座墓塔，聊備一格地存著註定空白的臉相③。這是他自己說的。他的許多文稿只是殘片，根本不成篇章。所以，我打算採取引文的形式來節錄我覺得重要的部分，這樣既不必在他回來之前逕自發表文章，也可以比較自由地來運用資料，推斷／重建他的失蹤。

詮釋學古老的箴言：理解即重建。或者說理解即重寫，臨摹意念為字。

當我決定這樣的寫作形式，我才終於理解那篇沒有正文的標題〈死在……〉意指為何。這應典出於一個學術、寫作俱有成績，然而並不為全部市場（包括文藝青年的市場）所熟悉的作家黃錦樹，在他的第一本小說集裡正有一篇〈死在南方〉，寫的是從中國移居至南洋的作家郁達夫。作者宣稱，他找到了郁達夫在南方失蹤之後的一批殘稿，以引文的方式將這些殘稿接用在行文中④。

這不正是我決定的寫作形式？

「死在」哪兒？擺在眼前的問題是，如果C是在向它致意、「再現」那篇〈死在南方〉⑤，那C究竟是哪個角色？是被尋找的郁達夫，還是正在尋找什麼人的作者？

其實，C和作家的相似之處還真不算少。C自己說過，黃錦樹的小說大多以「追尋」為主線：

②例如二〇〇八年十二月二十三日的「蘋果日報」、「聯合報」和「自由時報」；有一家總是偽造體育新聞的報紙這次也發揮了他們一流的小說寫作能力——正如C最愛說的，小說「無須受限於貧乏的現實」——宣布C和同居的女友跳海殉情。C有沒有女友姑且不論，但唯一符合「與C同居」這個條件的我，並沒有跳海。

③C，〈一條斜行的路〉（二〇〇五），頁四。

④黃錦樹，〈死在南方〉，《夢與豬與黎明》（台北：九歌，一九九四），頁一八二。

⑤作為一種「致敬」，這的確是可能的。C寫過一篇評論談黃錦樹，並不掩飾他對黃錦樹的喜愛。見C，〈借什麼屍，還什麼魂？——黃錦樹的書寫形式與策略〉，「中國時報」，開卷，二〇〇八年七月十二日。

無論是〈M的失蹤〉裡的作家、〈鄭增壽〉的疑似馬共份子、〈大卷宗〉的歷史文件、〈落雨的小鎮〉的妹妹，甚至是後來的〈烏暗暝〉、〈土與火〉裡被劫掠、燒毀、廢棄的舊家，黃錦樹一直在尋找。黃錦樹永遠都晚了一步，他的小說總是在那些事物消失之後才珊珊來遲，所以只好繼續往下追尋……⑥

論者亦謂，黃錦樹的小說中有明顯的「父的缺席」⑦。轉回來看C的小說，不難發現驚人的相似。最有趣的是，就我所知，他讀黃錦樹就在他那篇評論寫作的前幾個月才開始的，而在更之前他的作品就有「追尋」與「缺席」兩種特質了。比如那篇讓他稍稍有一點知名度的篇章〈最後一聲晚安〉⑧，追尋的是不知去向的兒子，缺席的是兒子的母親；更早的〈生日快樂〉⑨裡，主角始終找不到自己的女兒，是追尋同時也是失蹤。隨手更可以舉一例：

竹雞越過一座廣場，穿行於兒童遊樂器材複雜的橫樑之間，最後在某棵樹的根上一蹬，隨著一陣沙沙聲落入一排濃密的灌木叢之後。他追到此已是氣喘不及了，彎著腰感到自己的心臟在胸口猛刺，風從他發燙的臉頰滑過去。

　　這裡是哪裡？⑩

在〈放生〉這篇並不出色的作品裡，家人俱在，卻也彷彿都不在那樣，誰也不聽他的話。這最後一幕不只是放生竹雞也是放生自己。他不再去尋找缺席的家人，試著逃開，可終究還是得找一個水草適合的地方，從一個追尋逃到另一個追尋，這種轉換只是字面上的，而非本質上的。

我之所以花時間細析這些文本，除了這很可能是C的暗示（刻意交給我那疊文稿、且暗示性極強地使用了黃錦樹的典故），更是因為我相信，C反覆出現在小說文本裡的模

⑥同註⑤。
⑦林建國，〈反居所浪遊〉，《由島至島》（台北：麥田，二〇〇一），頁三七〇。
⑧C，〈最後一聲晚安〉，「聯合報」副刊二〇〇七年四月五日、四月六日。
⑨C，〈生日快樂〉，《野葡萄文學誌》二〇〇五年九月。
⑩C，〈放生〉，《聯合文學》二〇〇六年八月。

式，透露了他的潛意識。

就像，他徒勞地尋找他的母親。就像他來到亟觀。

「亟觀」這個名字想必令他印象深刻。兩個幾乎不可能在日常用語中被結合使用的字，因為某種任意的原因被組合起來。（黃錦樹〈刻背〉式的中文計畫⑪，或者是〈一個未了的計畫〉式的「破中文」⑫？）我走進建築物裡的時候，一面猜著我的朋友站在此地時的心思，一面發現它門面上既無匾額，也無楹聯。

沒有半個文字的寺觀，像一張沒有五官的臉。沒想到不只是五官，裡裡外外這亟觀真是「不立文字」。我走過方形石版拼地，跨過俗紅門檻和同色門柱，就進到了並不寬敞的主殿。加上兩旁的偏殿，這裡總共祀著三尊神像，然而沒有任何文字提示，我完全認不出是什麼神。香爐前邊有人捻香拜伏、有人跪著誦經（只有脣形在動，沒有聲音……）、也有人在整理神桌香燭，但詭異的是，所有人都是靜默無聲的。

我在這裡度過了恍若幻覺的三天。每天清晨不知不覺地起床，摸黑坐在寺觀前石階上，看著溶黑一片的地景漸漸亮開，山與田地的灰綠顏色分明開來。看著荒涼的灰色山脈，我總是想，也許C就走進這山裡的某個地方，走著走著便被這片山吸去所有的顏色，吞噬在山裡……

我試著和堊觀裡的人們談話。我注視著每一張臉，試著找到C的五官。然而每張臉都同樣地沉默，同樣地毫無表情，每一個人看來都像C，都像我，都像任何一個人。

我的話語還沒出口就被消滅。

三天裡，我唯一能做的事就是坐在門邊，看著這一群人（應當是一群中年人……不過也許還老一些，還年輕一些）如同一個不知名的祕教組織，無聲地祭拜。線香和火爐的味道就像任何一個傳統的廟宇，跪拜的形式也一模一樣，但那重複、似乎毫無祈求也毫無意義的動作，我先是覺得一種莫名的哀傷，隨後是淹沒一切的麻木。

C有可能在這裡找到母親嗎？

在這個什麼都沒有、一切空無的地方……

⑪黃錦樹，〈刻背〉，《由島至島》，頁三二六。

⑫黃錦樹，〈一個未了的計畫——中文現代主義〉，《真理與謊言的技藝》（台北：麥田，二〇〇三），頁二十六。

第三天，當我發現無論如何我都想不起一句完整的長句之後，我決定要離開。這也是為什麼我已使盡全力，但對壅觀的描述只能有上面這短短的幾百字而已（而且還有大量的否定詞——我根本說不出「有」什麼，只有不斷的無、無、無……）。頭一天我還能思考C的小說內容，試著比對文本和眼前這個地方。C的小說的確常常缺乏細節，具象能力不足，曾有敏銳的評論家說他的作品「蒼白貧血⑬」，然而相較之下，C的世界也許還比壅觀多彩一些。到了第二、第三天，我只能在紙上塗鴉一些「煙微」、「窺誓」、「晚餐的最後一本飛禽」……之類散亂的文字了，還有大半的字我寫出手，就忘記那究竟是什麼字了。

在文稿裡，和C的失蹤關係最大者，當然是〈壅觀〉一文。這篇文章是這樣起頭的：

那是我最後一次夢到母親。

母親和父親並肩散步，身影沿著山的稜線上上下下。我自己不在畫面裡，彷彿是透過望遠鏡看著他們。那片山毫無色彩，沒有草木，也沒有沙土，什麼都沒有。然後我突然明白，這是我最後一個機會了。我再也不會夢到她了⑭。

依照他文章所述推斷，他的每一次「有母親消息」，原來都是這樣的夢。夢裡總有一個暗示的線索，讓他能夠找到特定地點。然而，從未找到他的母親。他在文章裡寫了三種母親失蹤的理由，但他彷彿又認為這些全不是理由。〈窒觀〉文長萬字，大多在寫他追尋的經過，短篇分節，如同日記拼湊。最有趣的是，在文本裡雖然對母親的失蹤、與母親的生活細節語焉不詳，但對父親更是絲毫沒有提及。前引段落是唯一提到的一段。

以文學史的傳承來說，這不是一個正常的現象。在我和他成長的年代裡，幾個重要的作家都多少有「父親」書寫。張大春嘻笑怒罵，卻有難得抒情的《聆聽父親》⑮；朱天心的《漫遊者》，君父既逝，城邦亦崩潰，除了漫遊，還能到哪裡去⑯？前面提過黃錦

⑬因為那位評論家堅持寫實主義的路數，C很不願意接受，認為那只是流派之見。然而，我認為該評論至少在這一點上是有見地的。

⑭C，〈窒觀〉，頁一。

⑮張大春，《聆聽父親》（台北：時報，二〇〇三）。

⑯朱天心，《漫遊者》（台北：聯合，二〇〇〇）。

樹，與黃同代的駱以軍寫遍親族，終於還是有《我未來次子關於我的回憶》⑰。

何以C完全不提父親？

我並不認為這可以做簡單的「父親的缺席」解。缺席是虛懸一個位置，但在〈巠觀〉裡，根本連這個位置都不存在。

當地人說，這是造物者刻意留下的一片空白。地方政府曾經多次試圖將這座「巠地」包裝成觀光景點，但始終沒有成功。最後，他們把注意力移到五公里外一片叫做「加路蘭」的海岸，以那裡湛藍的海水作賣點：「東海岸最美的一段」。差不多就在這個時期，巠觀出現了──有人說是建於此時，有人卻說是在此刻被「發現」的⑱。

根據他的文章，沒有人知道建觀者是誰，觀裡面也沒有管理人員一類，所有人都因為某種原因來到這裡，然後就住了下來的⑲。C並沒有住在觀裡，這不但在他的行文中有提及（他抱怨民宿時常中斷的熱水供應⑳），我的經驗也可以佐證：絕沒有人能夠住在裡面，又同時能夠書寫的。那是一個會侵蝕、毀圮所有表意能力與意願的地方。

C說，母親每一次逃亡的地點（亦即，他夢中的地點）都和宗教有關。他去過瑞芳的教堂，那個打開窗子，霧氣就會遮斷屋內光線的北方鎮落；他也去過無數的佛寺、道觀、鄉間神壇、土地公廟，甚至某次還跑到中央山脈一處原住民部落裡，冒犯了那幾乎在涂爾幹筆下出現過的祖靈架㉑。他被部落裡的人鞠下山去，在〈堊觀〉裡就有了這樣簡短的一則：「我是永遠的遲到者，我是徒勞的登報啟事。㉒」

警察找上門來，再次細細地問了我最後一次見到他的場景。出於我前面談過的考量，我只說C曾提過是要去尋找母親，隱瞞了文稿的事。這文稿到了其他人手上也沒有用，沒有人比我更了解C，也沒有人比我更有資格破譯、推論、詮釋這些文字。在談話的結尾，我終於忍不住告訴警察（也許是因為他看起來十分年輕）：

「去讀讀他的作品吧。」

⑰駱以軍，《我未來次子關於我的回憶》（台北：印刻，二〇〇五）。
⑱C，〈堊觀〉，頁六。
⑲他怎麼知道的？——在那個沒有文字，也沒有聲音的地方？誰能夠知道「不知道」這件事情本身？
⑳C，〈堊觀〉，頁三。
㉑涂爾幹著，趙學元譯，《宗教生活的基本形式》（台北：桂冠，一九九二）。
㉒C，〈堊觀〉，頁七。這裡疑似用了王文興《家變》裡的典故，值得注意的是，在《家變》裡，失蹤的是父親。

警察禮貌地笑了笑：「我會參考。」

「不……，」在那一瞬間，我真有股衝動打開我的電腦，叫出我寫了一半的稿子，告訴他光憑一疊影印紙，我能夠知道多少事。不到半秒，我頹然下來，表情反倒微笑：「他的小說很有趣的。」

「是啊，我聽說了，是個新銳小說家。唉，可惜了，不然我們搞不好會有一個諾貝爾文學獎的，哈哈。」

警察離開之後，我決定再去埾觀一次。

出發前我寫了一張紙條，註滿各種筆記、我的個人資料和我去埾觀的目的。這自然是為了抵抗埾觀那莫名所以的吞噬力量的緣故，雖然沒有要住在裡面，但很難說我會不會在哪次進去探勘之後忘了出來。抄寫完畢之後，我仍不放心，再拿錄音筆將上述內容錄進去。說不得，也許我將連字都認不出來了。

完成之後，我想到他的一篇少作，一個健忘成性，最終忘記了自己名字的人。他也是用各種紙條來提醒自己事情的㉓。

寄住民宿的主人是一對中年夫婦，總是不知多早就醒，大廳裡備著一鍋粥，幾碟小菜。偶爾在我吃早餐的時候，男主人的小發財車便抖索著引擎停進院子。他或提著幾籠雞，或擔兩籮筐青菜進來，點頭台語腔：「好早。」我停下筷子，從我的筆記裡抬起頭來微笑：「你也早。」

民宿依著水田，前庭是未經洗磨的水泥地，未來的幾天，每當我望著不遠處的堊地山脈巡步的時候，便會感到鞋底粗礪的摩擦感。現在不是旅遊季，民宿只有我一個客人，我獨自住在一個雙人房裡，兩套背向的桌椅。天色黑得已經無法分辨堊地與農地、堊觀也完全隱溶在背景裡的時分，我坐在安靜的桌前，遠方有輕微的狗吠，我提筆將我整天的筆記分類抄寫。有大半的時候，我的筆記只是一些雜亂的線條，比如堊觀的斗拱和壁雕就被我描畫了許多次。在我的家鄉裡，正有一座以雕飾聞名的廟宇，每一處凹凸都是神話或民間故事，我試圖整理堊觀裡的雕刻圖像——我想如果沒有文字，總也能從這樣的符號裡看出些什麼吧——，每晚卻都挫敗地發現，那些繪時明明有圖像可辨的線條，出了堊觀卻只剩下潰散的亂線，更別說有什麼敘事內容。不出一週，我踏遍了堊觀裡裡外外，也幫那三

㉓C，〈擦撞〉（一九九七）。

尊神像繪了超過十幅素描，若不是每日進觀前看到熟悉的紅柱金簷，我幾乎覺得我總在踏入陌生的地方，祂們每次看起來都不甚相同。

或者這樣說：紅柱金簷根本是唯一可辨認的符號。還有它背後的堊地。

我不只一次懷疑，我是不是誤讀了什麼。也許〈堊觀〉裡的這個寺觀只是一實寫虛指的意象，一個象徵。C可能只是在什麼機緣下知道了這個地方，將之寫入作品，而我從一開始就被他貌似誠懇的第一人稱敘事給誤導。一個再怎麼世故的讀者，也很難從這種親密的敘事觀點完全抽離的。這也可以解釋為什麼C的敘述也總是細節不詳；他也許根本沒有來過。可能這疊文稿應該另作他解，它們不是什麼提示的線索，而是一種隱晦的告別……它在說：沒有了，沒有了，一切空無，那只是C臨行的一個聳肩……我如同一個不問研究意義的學者那樣一遍一遍地讀著他的文字[24]，添加註腳，製作越來越精細、越來越複雜的筆記與摘要。有時我會以為我突然多懂得了一個關鍵，一個隱匿的典故，但很快地我又知道那一點都不重要；那些字句和留白有時充滿了意義，有時讀來卻枯索、拙劣、造作。我是不是誤讀了——我是不是什麼也沒讀？

我開始不到堊觀裡去了。

當我讀不下去的時候，我逼自己抄寫C的文稿。我帶著一台手提電腦，但沒有列印的設備，因此我讓自己手抄。我抓到什麼紙都抄，鄉下辦桌用的紅色衛生紙、日曆紙、褪白的舊報紙（上面寫了另外一個我和C都熟識的作家自殺的消息）……我眼睛痠疼地望桌前的窗子看出去的時候，感覺到文字的殘影疊印在灰質的堊地山面，一部分碎散的筆劃落到堊觀的飛簷上頭，我彷彿聞到線香的味道。（我們都喜愛的〈從莽林中竄出〉㉕，嗅覺，最遠離符號的感官形式……）肌肉比頭腦更善於記憶，在第三週或第四週的時候，我已經能夠寫出一手標準的印刷體了。

這樣的抄寫並沒有讀進去（這跟那位拘謹、然而有奇特才能、且多次述說他的抄寫故事的作家有明顯的不同），對我來說，有意義的只是線條與線條之間的距離、物理或幾何的關係。每抄一次我就似乎更熟悉那些字句，也似乎更沒辦法思考那些字句——就像是無法思考自己的呼吸、思考自己的心跳那樣。有一回，我在早餐桌上看見我自小便厭惡的

㉔或者就是韋伯的著名演講〈學術作為一種志業〉的真義：如果你不能將自己生命的一切，賭注在眼前的這段草稿上，從中讀出真確的意義……

㉕張大春，〈自莽林躍出〉，《四喜憂國》（台北：時報，二〇〇二），頁五十七。

小魚乾。我把它推到桌子的那一端，讓自己盡量聞不到那股鹹腥味，捉來一張活頁紙，抄起〈埾觀〉來。我感覺到陽光的角度移動了幾次，忽然被男主人的聲音打斷：

「你寫啥米寫到桌頂去？」

那是我最後一次夢到母親。

母親和父親並肩散步，身影沿著山的稜線上上下下。我自己不在畫面裡，彷彿是透過望遠鏡看著他們。那片山毫無色彩，沒有草木，也沒有沙土，什麼都沒有。然後我突然明白，這是我最後一個機會了。我再也不會夢到她了。

※

找到了夢裡那個地方。並不難，那景象純然就是埾地，鎖定了幾個地方，到圖書館調了地方誌出來，終於在一條冷僻的資料裡找到了它：埾觀。我想，母親千真萬確地是在這裡了。沒有比這兒更適合的地方了。

※

如果只是那次爭吵，我想母親不至於出走的。必是有什麼埋得更深、早已潛伏如某種病灶的傷害。日常生活總是那麼地漫不經心，那麼地缺乏自覺，以致於連受傷的人都不知道自己受傷了，一回神過來，內心已然寸草不生。就像是垩地。此後所有的情感都無法穿透了，水流只能造成一些溝渠，從來就無法切進最深的內裡。

母親啊……

※

我為什麼要繼續呢？

我為什麼不能只是坐在岩岸頂處的草坡上，面向藍澈的海面，把那些灰質的山脈轉背過去……

※

所謂「空白正文的盲目引述」。沒有本體的複製體。堊觀裡的人們都不說話，看起來就像是沒有在思考。我試著寫了幾段描述他們的文字，總是短短便戛然而止。問題是：小說的人物塑形不能沒有引述，而當人物本身是一片空白時，我根本無法引述。正文空白，則我的偽引述（即使很短）可以權充正文嗎？

母親，我的努力，可以權充妳的本質嗎？如此我是不是能夠說，我已經找到妳了？

※

我的朋友，我們的時間的界線似乎發生了一些扭曲……

※

書寫的弔詭是這樣子的：當你非常用力地寫字，人們就只注意到你的字；當你非常用力地寫一篇結構完足的故事，人們就只注意到你的結構。除非你就這樣赤條條站在讀者面前，不然他無法注意到你這個人……埊觀的創建者和信眾們，就是因為這樣才什麼也不說、什麼也不寫嗎？

※

我的朋友，你還記得我壓在你桌墊下的紙條嗎？那只是一行全無創意的抄襲，作為一個和解的信號：「沒有我和你說話的日子，真的不會太寂寞嗎？」

※

我第一次走進埊山裡。繞過觀。總覺得腳下的土地在流動，我往山上走了幾步便屈下身來，四肢並用地爬著。它像一頭白色的巨獸，我貼著它，彷彿貼著你的身體，有溫度徐徐傳來。有些地方是真的濕軟，富含水分一如汗黏的人體。這一次，我們不是背向背，默默地各自畫著無法精確表意的符號了。這一次，我不是遲到者，我不必再徒勞追尋，因為我已經找到，因為我已經失去。我對你的想念與遺忘是同時的，就像在埊山的土表營營刻寫，沒有顏色，沒有視覺的深度，那些字句存在並且消失。

※

母親，妳已是妳所蒐集的神祇的一份子了。妳毫無特徵——唯一可能描述妳的人，是漸漸在這座觀裡失去符號能力的我——妳毫無歷史，妳毫無神跡，全無徵象，遂妳是塋觀裡信徒拜祀的中心。因為妳比沉默更先驗地在那兒，妳在一切之先，讓所有的人追尋，所有的人遲到。

※

而我們未曾被表達的關係比所有已說出的更堅固。即使以木石鏤刻，也終有木毀石爛的一天。我只能這樣稱呼你，我的朋友，這是我所能想像的最精確地形容你的辭彙，我們來不及談論，也來不及閱讀對方。無關乎結果如何，我們只能找下去，直到找到一個像塋觀那樣的地方，洗淨所有符號和意義。然後也許慾望就只會是慾望。

我抬起頭，對男主人說：「我來找一個朋友，有些話要和他說。」

男主人身上豐盛的雞屎味彷彿帶有強烈的顏色，與月球表面一般荒涼的堊地完全不同。陽光斜射，煙塵浮動，我端正的印刷體在木質桌面上爬行。我想起我和我的朋友C一同賃居的房間，然而昔時語言已宣告滅絕㉖，C連味道都沒有留下，唯一唯一的文稿已在我的抄寫之下漫漶、移位、錯體……

我在桌面刻下最後一個腳註。

㉖C，〈訴說〉（二〇〇三）。

倒數

小梅喜歡在各種情況下說：「我數到三！」然後悶著頭，吐泡泡似地喊著：「三、二、一……」

每一次阿樺聽到小梅這樣數，總有種被催促的倉皇感，想要搶答些什麼。比如那次，他們把分頭找了一上午的小東西散列在兩人之間：褐色的蟬蛻、一點從鐵鍬柄上刮下來的鏽片、一支綁著紅色布條的分岔樹枝……阿樺在學校裡和同學玩慣了，聽到小梅喊出：「三、……」的時候，心想這是耍詐，直接數「三」了哪裡是什麼「數到三」，趕忙隨意指了某樣自己也沒看清楚的東西。小梅生氣地把他的手推回去：「我又還沒數完！」然後高聲繼續：「……二、一！」

那次阿樺選了鐵鍬的鏽片。他對小梅說：「這個不能燒耶。」

「可是，」小梅皺眉，苦思理由：「這個、對他們很重要。」

阿樺側頭想了想，腦中浮現阿嬤常說的話，以及說那話的樣子：「這個、還可以用啊。」

那種話說一半稍稍停頓，彷彿是猶豫，但又決定說下去的感覺，跟小梅剛才的樣子很像。他覺得自己被小梅說服了。

「那我們要想個辦法。」他說。

※

阿樺十一歲，他想小梅應該也差不多。來加路蘭度暑假的兩個月裡，年級一點也不重要，更何況他討厭提自己幾年級。三年級的時候，他被選入棒球校隊，教練說他很有天分：「你側投，又這麼快，一定是王牌投手。」他相信教練的話，剛加入的兩個多月練得比誰都要勤。投球的時候，阿樺迅速翻轉自己的手腕，從背後一直揮到身前，像是沒有骨頭那樣全力甩出。他喜歡動作停滯的那一刻，身體彎著注視捕手的方向。球出手之後會散出一點煙塵，然後蛇咬一樣竄進捕手的手套。他知道自己真的很快，比球隊裡面練了一兩年的還要快。練習的時候，打擊區裡面不會有打者，但他除了投球最會的就是想像。他看到球進壘，想像強烈的側旋尾勁讓打者揮棒落空，或者劈成一個軟弱的滾地球，由他接住，傳向一壘。

投手丘是整個棒球場最高的地方，四周是紅土內野，再過去就是長著草的外野。阿樺好幾次站在上面，覺得自己就是老鷹，將要俯身攻擊獵物。

兩個月之後，校隊終於要比賽了。那是附近幾個學區的國小校隊併起來辦的盃賽。教練將要公佈選手名單的那幾天，他在練習中投得特別用力，手指擦過的球行進時好像長了眼睛，會拐彎。練習結束，要收操、慢跑的時候，他也大聲的報數。

但最後，代表學校出賽的選手並沒有他。入選的都是五、六年級的。

教練說：「其他人要幫學長加油。」

他覺得所有人都在笑他。他投得那麼用力，那麼快。

這還只是第一次。

後來，阿樺就強迫自己忘記年級。其實沒有很難，他只要記得教室的位置就可以上課了。反正棒球隊的人也不怎麼上課。如果有親戚問起，他就說：「我九歲。」當然，他自己不會去問任何人。

他沒有問過小梅。小梅顯然不是棒球投手，不過也沒有問他。他覺得這就足夠喜歡她了。

他和小梅一樣，家都不在加路蘭。這裡是他的外婆家，也是她的外公、外婆家。他們不認識對方，在這個暑假才成為鄰居。

小梅比他早一個多禮拜來到加路蘭，他們認識沒多久，她就對他說：「你知道嗎，這裡原本不是這個樣子的㉗。」

阿樺蹲坐在屋簷陰影底下，一眼過去是黑黑褐褐的土色，裡面摻了一些綠色的草莖。土不太平整，還有幾處比人還高的小丘，白鷺鷥一類的鳥邊走邊啄。

他也問過爸爸，為什麼這裡的田，和課本裡長得不一樣？

社會課本裡面有農田的圖片，總是一片嫩嫩的綠色，土也淹蓋在閃著光的水下面。

他把爸爸告訴他的答案告訴小梅：「因為颱風要來了，所以大家提早收割呀。」

小梅撇撇嘴：「才不是。」

她說，這裡本來都是一片綠色的水田，比現在土裡面那些斷草還要更綠，也比課本裡面更綠。有一天晚上，她從睡夢裡驚醒，先是感覺到地在微微地震動，她坐起來，爸爸正穿好衣服出門查看。「有地震！」她說著也要下床。媽媽拉住她，說：「不是。」這時候外面傳來了悶悶的聲音，像是火車經過，但又不太一樣。「小梅，乖，繼續睡。」媽媽幫她拉上棉被。震動暫時停止，一會兒沒有動靜，小梅才安心下來，就像平常的習慣一樣，告訴自己，數到三就睡著。三、二、一……

突然外面傳來一陣好長的叫聲，像是吼叫，又像是哭。

㉗「我想像建觀之前的年代——堊觀是此地最早的文字紀錄，也就是說，在那條其實不到三十年歷史的冷僻資料之前，這裡有長得足以發生一切的史前時代——我想像那樣安靜地發生過的事物。也許它不是一個使人失去記憶、無能表意的所在；那些東西，才是不屬於這片白堊土地的外來者。」（C，二〇〇七）

小梅覺得害怕，把涼被捂緊了，一整夜都沒有睡好，總覺得地還在震，外面的人還在斷斷續續地哭。

天亮之後，村子裡面的地就沒有綠過了。

「就變成現在這樣。」小梅一指遠方。

阿樺順著小梅的手指望過去。經她這麼一說，還真的覺得這片亂糟糟的田地像是曾被火車輾過去一樣。或許不是火車，是什麼更大的，巨人或者金剛一類。再過去更遠，是一片灰白色的山壁，一株草也沒有，露出凹凸不平的表面。即使在快要中午的太陽下，還是讓他有種陰森森的感覺。

如果有巨人，一定是從那後面來的吧㉘。

也許現在還躲在後面……

阿樺甩了甩頭，跳起來，隨便撿了一塊石頭，側側地投出去。

他當然知道巨人什麼的不是真的。可是沒辦法，他就是會一直想像下去。想像巨人像夜半翻牆的小偷一樣跨坐在那座水泥色山壁頂，它落下來的第一步就是小梅感到的地震，然後它在整個加路蘭的田地裡面來回踱步，因為……小時候他會把他心裡想到的事情跟爸媽，跟老師，跟同學說。他們起先是聽，然後會笑，問他想這些做什麼。他不明白這個問題。他就是這樣想啊，有一件事情，就會發生另外一件，然後下一件。終於有一個老師跟他說：「你有很好的想像力。」可是還是沒有人願意聽他說。所以慢慢他就不說了。

但仍然想。特別是在那些沒有辦法的事情發生時。

阿樺等自己的第一場比賽簡直到要瘋了。三年級上學期、三年級下學期、四年級上學期……現在想起來，那時的焦急好遙遠，他覺得自己因此學會了「往事」這個詞了㉙。他是靠想像度過那一年多的，唯有那麼專心，才能讓他忍著不去問教練，為什麼那些比他弱的學長可以先上場。旁人練習打擊的時候，他就在一旁偷看，記住每一個人的姿勢和弱點。輪到他練投，他就在幻想裡一一擊敗他們。內角直球，再內角一點，打者擠壓到，游擊後方的小飛球出局。下一個打席，就從變化球開始配起。一年多，他沒有對陣過任何一名打者；但他的第一場比賽，就穩定得像個職棒選手。一切和想像並沒有什麼差別，每一顆球，每一個角度，都像是倒帶了重新播放的影片。

㉘「我們全都錯了。我的朋友，我們不該只注意這唯一有色彩的地方。」（C，二〇〇七）

㉙「你還記得你第一次認識『垩』這個字的年齡嗎?...我的朋友，恐怕早得讓人心驚。我們一直以為這是難字，但想想恐龍吧。它只是一直被藏在極少動用的符號區，因為認得這個字的年紀，還不足以明瞭以它命名整個紀元，是多大的荒涼。現此時，只是一座寺觀就讓我們全部的人困在這荒涼裡了。」（C，二〇〇七）

但真實的比賽並沒有取代想像。他在腦海裡仍然投得比現實世界更多。「想像力」跟手臂上的力氣不一樣，他沒有辦法控制，它也不會累。

他投球，每幾球都有打者被解決，事情多少會有點進展。

小梅看他投了幾球，才有點無聊地問他：「你怎麼會來這裡啊？」

阿樺沒有轉頭看她——教練說，保持視線專注，才能讓球直直往目標去——，說：「因為阿嬤生病。我爸說要來照顧她。」

阿樺一家開了好久的車才來到加路蘭。他本來在後座玩爸爸的手機，但一直玩到沒電，把發燙的手機還給前座的媽媽了，車都還在高速公路上走。路的旁邊是海，平常他很少看到海，但路程久到像是看了一輩子。他扯下幾個抱枕，身體微曲在後座睡了。

隱約醒來的時候，剛好聽到媽媽說：「可是媽就不搬呀。」

然後是沉默。他有點害怕，因為這像是他們吵架的樣子。

還好爸爸很快開了口：「你醒啦？剛好要到囉！」

車子拐進一條小巷，幾家雜貨店從旁邊滑過去。他腦袋有點濛濛的，坐正起來：「嗯。」

一下車，媽媽就快步過去抱住了阿嬤。阿樺很少看見媽媽抱人，他想阿嬤該不會病得很重吧？但阿嬤還是自己走出來的，既沒有躺在床上也沒有輪椅，只是被媽媽一抱就哭了。

「媽，媽，」媽媽說。

阿嬤用力揮舞手臂，指著某個方向。在將近黃昏的光裡，阿樺只看見夾雜草莖、翻過土的田，不知道阿嬤想指的是什麼。

媽媽卻說：「我知道，媽，我知道。」

在這裡待了幾個禮拜，阿樺一直搞不清楚阿嬤生的是什麼病。有的時候阿嬤會一整個早上躲在房裡，讓爸媽擔心地去敲她的門。有的時候卻又像是沒事一樣，坐在客廳裡面看電視，但好像沒什麼愛看的，不停地轉台，映得背後的綠色紗門一閃一閃。

爸媽總在客廳陪她看電視。偶爾，他們會一起向阿嬤說些什麼：「媽，這樣危險。妳近一些，我們也比較安心啊。」

阿嬤木著臉不說話。

或者又哭了出來。

他們甚至會提到阿樺：「在家裡，阿樺也可以多陪陪妳呀。」

阿樺覺得奇怪。這不就是阿嬤的家了嗎？我們不是正在陪阿嬤嗎？

一天，阿嬤早早起床，既沒有躲在房裡，也沒有坐在客廳看電視，而是來喊他起床。他爬下床，匆匆到門外：「阿嬤什麼事？」

「來，來幫阿嬤。」

阿嬤領他到外面的一間小屋，用鑰匙開了鎖，推開門的時候還有鐵鏽卡著的聲音。阿嬤說，把所有的花盆都拿到門口的屋簷底下擺著，不管大小都要。在他腳邊就有一個安全帽大小的花盆，他一提起來就裂掉了一大半。他問阿嬤：「這個，壞掉的也要嗎？」阿嬤轉過來看了一眼，點點頭：「這個還可以用啊。」一邊抱起了另外一個：「花盆裡面裝的是土。」

「土又不會漏出來㉚。」阿嬤說。

他們花了好長的時間，才把所有花盆給移出來，足足在門口排了長長的兩列。搬動的過程他非常努力、非常小心，他想讓阿嬤開心。他想起電視裡面的台詞：「看不見的病最難醫。」雖然阿嬤看起來不像電視裡面的人一樣年輕，但這是他唯一能想到的解釋了。

一切完畢之後，他問阿嬤接下來要做什麼。

阿嬤對他笑一笑，讓他覺得自己是孫子的那種笑：「我來教你種東西。」

他點頭附和：「我在學校種過綠豆！」

阿嬤問：「後來有結出豆子嗎？」

他搖頭。那是種在濕棉花上的，起初長得很快，但不知不覺就死了。

「我們來種真正會長出來的。」

接下來的幾天，阿嬤帶著他在加路蘭的土堆裡亂轉。走近去阿樺才發現，那些遠看不起眼的土堆，大部分竟然都比他還要高，散發著一種霉腐的腥味。阿嬤從不同的地方取土，告訴他那些適合種四季豆和豌豆，那些適合白菜、茄子和辣椒。阿嬤問他想種什麼，他想了想，說：「荔枝。」阿嬤笑著搖頭：「那個在花盆裡面不會長喲。」阿嬤在每一個花盆裡面填土，那些碎成幾大片的陶瓷花盆盛了土，稍微壓一壓就黏合回去了。他依照阿嬤的指示用手指測量深度，在軟濕的洞裡面放下種子。他自己還偷留了一個盆子，把前晚吃過的荔枝核埋了進去。

阿嬤手劃了一圈，把其中五個花盆歸給他：「它們都要讓你照顧喔。」

㉚「躺在上面的時候，我感受不到那些曾在文學裡被表達過的一切。這是死亡的，堅硬的，微有餘溫（但毫不溫暖）的。我的手指沒有辦法插進這樣的泥土裡，任何植物的根也都無法扎進去。但這樣的地方，誰說不宜於某一種定居呢。它有自己的意志，遂我們的反抗與順從，都能成為聯繫的枝脈。」（C，二〇〇七）

他每天澆水，或者和阿嬤一起撒一些細細的肥料。小梅有時候也會加入，蹲在某一盆前面，問它的名字，或量量又長多高了。小梅的外婆和阿嬤是好朋友，就坐在院子裡的一棵樹蔭下。小梅的外婆似乎問了什麼問題，阿樺沒聽清楚，倒是聽到阿嬤低低的回答：「種點東西，也不會無聊。而且那裡也不能種了。」

兩個老人沉默了一陣，眼光望向同一個方向。凹凸不平的土地裡，這幾日慢慢拉起了黃色塑膠條圍起來的警戒線。

爸爸說，裡面危險，不要進去玩。

看起來是真的危險，有一些戴著鮮黃色安全帽的工人在裡面，有幾天甚至來了警察㉛。

再過去的盡頭就是灰白的山壁，爸爸說，那叫做「垩地」，又叫做泥火山。

阿樺覺得，來這裡住一陣子之後，眼睛似乎能夠看得越來越遠了。剛來的時候，他只注意到土丘和垩地，最近他才看到，在土地與垩地的交界處上，有一座紅色的建築物，看起來像是一座廟。廟附近有一小圍稻田，還是平整的綠色，顯然巨人並沒有踩到那個地方。他問小梅那是什麼地方，她也搖搖頭。

阿嬤告訴他，那裡是「垩觀」，不是廟，是道觀。

堊。觀。兩個四聲的音，唸起來有點吃力。

他想起拜拜時的景象，媽媽忙進忙出，豐盛的食物，每個人都很愉快的樣子。於是他問阿嬤：「那我們什麼時候會去堊觀拜拜？」

阿嬤摸摸他的頭：「那裡面沒有神可以拜。」

「那裡面有什麼？」

「有一些出家人在修行。」

又是個新名詞：「出家人是什麼？」

不知道是不是錯覺，阿嬤說得慢了些：

「就是不能再回家的人。」

爸爸不喜歡阿嬤開始種東西這件事。

媽媽會安慰爸爸：「有件事情做，媽心裡也好過一點。」

㉛「如果能把堊觀裡的人們帶出來，施以某種記憶的復健的話，也許能得到許多你會有興趣研究的人物吧。我的朋友，想像各種失憶或渴望失憶的人：憂鬱者、政治犯、誠實的瘋子、有家不願歸的人、撒謊致於無可彌補的陰謀家……」（C，二〇〇七）

他們勸說阿嬤的次數更勤了，阿樺慢慢才明白，原來是在勸阿嬤搬去和他們一起住。阿嬤不再聽一聽就流眼淚了，只是臉色依然不好看。說得急了，爸媽甚至轉過來問他：「阿樺，我們搬去上次看的那間新房子，你覺得好不好？」他不敢回答。阿嬤悶聲說：「那些阿樺的菜，也要有人照顧啊。」他有點想附和，但又覺得不大對勁，那怎麼會是「他的菜」。

阿樺不知所措的時候，就到外面找小梅玩。

他們最常玩的遊戲，就是分頭去收集一種在學校裡很少見到的東西。比如紫色的花瓣，不知名的昆蟲空殼，白鷺鷥的羽毛。每次他們就在加路蘭裡面，沿著警戒線亂走，看到一樣稀有的小東西，就約定了數量，分頭去找回來。幾個小時之後，他們回到家門口集合，小梅說：「我數到三！三、二、一……」然後各自把找到的東西攤在地上。他們會挑剔對方拿到的東西，到最後往往都達不到預期的數量。「那這樣誰贏了？」他問。小梅聳聳肩，「那不然猜拳，我數到三！三……」

阿樺其實不介意輸。某一天開始，他們就互相打賭，如果阿樺輸了，就要教小梅投球；如果小梅輸了，就教阿樺畫畫。

右手持球自然放在身側，兩腳平行，略寬於肩，左肩對正目標。

他邊說，邊把小梅的身體擺正。

教小梅握球的時候，他覺得那綿軟的手簡直是一團雲，怎麼能用筆畫出那麼穩定的直線和圓弧？中指與食指彎曲成鉤，兩指指腹貼住縫線，手臂往身後繞圓，前跨步，在額頭高度扣出……

他教小梅的是標準動作㉜，不是自己慣用的側投。

小梅問：「為什麼跟你的不一樣？」

教練說，不是每一個人都可以學側投的。這麼怪異的姿勢，在比賽裡有很大的優勢，打者會看不清楚球什麼時候出手。但副作用是球速會比較慢，也比較容易受傷，「但你的手臂特別強壯，所以沒有問題。」他已經知道自己沒有問題了，去年開始他真正成為王牌投手，因為學長們都畢業，他再也不必幫誰加油了。他站在投手丘最高的地方，看著自己的球像長了眼睛的蛇，打者的球棒怎麼也碰不到它。他開始覺得自己喜歡投球了，不是像剛加入球隊一樣，夢想自己成為王牌投手那種喜歡，而是只要能把球全速送進手套裡

㉜「……多年鍛鍊的關於寫作的技術……如果，這麼容易被沖刷殆盡之事，能夠稱之為『技術』的話。」（C，二〇〇七）

就覺得愉快。

更重要的是，他的想像力也越來越漫溢。以前他是對著捕手想像不存在的打者。現在他可以全身都不動，只盯著一個空白的牆面，就這麼完成一場比賽。

他跟小梅說，等到她學會了標準動作，就可以再學他的這個動作。

「不高興的時候，妳就用力丟、用力丟，心情很快就會好了。」

小梅說她心情不好的時候就畫畫。她會隨便撿任何一端尖銳的東西，就在地上畫著。邊說著，邊用兩手握緊一截鋼筋在地上刮來刮去。小梅看起來很用力，但地上的線條卻很靈巧，一點失控都沒有。起初看來只是一些不明所以的圓形、波浪，但慢慢地就會發現她是在寫生，就從他們面對的方向畫過去，一壘一壘的土丘，和背景的堊地。

最近她會把堊觀也畫進去。用比較細小、堅韌的樹枝。

「我外婆說，想到堊觀裡去。」小梅說。

阿樺立刻想起了阿嬤說的「出家人」。

「為什麼？」

「不知道，也許是因為我爸要她搬家吧。」

「我爸也是。」

他們一起沉默了一會兒，阿樺想起自己種的荔枝，這幾天抽一點芽出來了。他打算等荔枝長得夠大了，再送給阿嬤，讓她開心一點。就算要搬家，這盆荔枝也要帶回去。他想也許應該教阿嬤如何想像。阿嬤知道那麼多跟種東西有關的細節，一定可以細細地想一整天，收一整季的蔬菜。這樣一天一天，總有一天就會等到能再插秧的日子了吧？

正想著，就聽到小梅輕聲數：「三、二、一……好了！」

地面上是一幅巨大的加路蘭風景圖，就像是明信片的圖片那樣。雖然沒有顏色，但細密的線看起來就很真實。不知道為什麼，小梅畫下來以後，阿樺覺得加路蘭變得比真正的樣子更大了。他想像自己走進畫裡面，變成簡單的幾筆線條。然後阿嬤也進來了、爸爸媽媽也進來了。在畫裡面，警戒線只是最淺的幾條痕跡，一抹就平了。只要拿把小刷子，就可以把亂糟糟的地給整平，然後花盆裡的那些菜，就可以移回地裡種……

這樣阿嬤是不是就不用搬家了？

※

在加路蘭，特別又是暑假，阿樺每天都睡得很早。一直到來了這裡，阿樺才知道原來以前住在城市裡的夜晚不叫做「安靜」，這裡才是。剛來的時候，他甚至會被安靜嚇醒，就覺得世界好像消失了那樣。夜裡也會有些細細的聲音，像腳步聲，風聲或水龍頭空空的氣音。但每次聽到都像是幻覺，因為只要聲音不再重複，那全然的寂靜會讓人覺得，這樣的地方不可能發生任何聲音的㉝。

就在荔枝的細苗長得比掌根到中指頂還高的那天晚上，阿樺半夜感到地猛然晃了一下。

他濛濛地坐起來，看著也剛醒的爸媽。

一聲：「地震？」還沒有問出口，緊接著地又晃了。這次是碎碎的震動，不間斷而且伴隨著某種巨大的引擎聲。

爸爸和媽媽對看了一眼，兩個人急急衝下床。他也翻過身去，卻被爸爸按住：「不要亂跑，繼續睡著。」話還說著，媽媽已經飛奔出去。

阿樺突然之間明白發生什麼事了。這情況和小梅說的一模一樣。是「巨人」。

他們又翻過山來了。

他沒有躺下來，涼被還半掛在身上，他有點遲疑要不要出去。

他想自己力氣很大，可以用石頭丟他們。上一次被他觸身球擊中的人，馬上就被擔架抬走了。

可是那聲音持續傳來，聽起來幾乎就像一支軍隊。一支裝甲車部隊，他開始想像。人聲慢慢多了起來。他聽到哨子的聲音，然後是女人和男人的吼聲。

「危險！危險！……」

有的時候，震顫的引擎聲會停下幾秒，但又很快繼續。

他好像聽到媽媽的聲音在喊：「媽！……」

或者平常不准講的髒話：「幹拎娘！……」

他覺得害怕。他努力分辨裡面有沒有小梅的聲音。如果有，無論如何他也得出去。

但外面聽起來亂成一片，會不會小梅已經在外面了，但他聽不出來？

他不禁開始想像節節推進的裝甲巨人，阿嬤、爸媽和小梅在外面流竄著。他被自己的不安激得跳下床，開門闖出去。

屋裡沒有人，他再開一道門，一瞬間更多噪音衝著他來。散亂的手電筒燈光掃過他

㉝「有時，堊觀裡會傳出微微的誦經聲。我試著靠近去錄音。在極少的時刻，錄音帶會記下一些似乎可辨的話語，彷彿是最普通的《心經》一類。但又間雜了不少於經文的字句……那是什麼？如果是經文，那確實不是一種可以聽出來的語言了。但多數時候，磁帶只是錄下磁帶自己的聲音。」（C，二〇〇七）

的眼睛，刺痛的感覺讓他更加慌張，扯開喉嚨就喊：「阿嬤！阿嬤！……」

外面都是人，沒有看到什麼鐵甲巨人，但全村子都出來了。人們一群一群的，不知道在喊些什麼。有些人跪在地上，一旁就有更多人扶著他一起喊叫。他的眼睛慢慢適應了，看到更遠的地裡，揉了揉眼。土丘不見了，有些地甚至還凹了下去。在那模糊的影子裡，他認出來了，那是幾輛拖著巨大空箱子的卡車，還有更多的挖土機。沒有什麼神祕的事物，而是在城市裡常常能看到的東西。空氣裡都是它們汽油的焦味，雖然一陣子沒有聞到了，但阿樺還是認得出來。看到挖土機顫顫地往土裡鏟，他開始感到生氣了，怎麼會是這樣的東西。它們怎麼可以跑來加路蘭。

不知呆看了多久，才聽到爸爸叫他的名字：「你怎麼出來了？」

阿樺轉過頭，媽媽和爸爸攙著半跪半走的阿嬤，阿嬤扭著身體一直想要掙脫到田裡去的樣子，眼淚不是像平常那樣靜靜地流，而是一臉被大雨打溼的樣子。她啞著嗓子，不斷地說著：「不行啊，不行啊，不行啊……」

「媽。」媽媽的聲音也有點哭腔，「媽。」

爸爸努力撐著阿嬤的身子，一邊對阿樺說：「過來幫忙扶阿嬤進去！」

阿樺還沒有看到小梅，但心裡也慌亂不知道該怎麼辦，應了聲就邁步上前。這一走，才發現門口兩排他和阿嬤一起種的菜，大半都被踢翻、踢破了。

那一夜媽媽都待在阿嬤房裡，阿樺翻覆著也沒有睡。

隔天他早早醒來，就想到隔壁找小梅。跨出門之後，他看到地上亂成一團的花盆，趕忙把那些還完好的扶正，排在一個角落裡。那些破掉的他也不知道該怎麼辦，有些枝葉都被折斷了。他想，到阿嬤好一點了再問她，最多再陪她重新種過。他有點慶幸自己把荔枝藏在屋後的另外一個角落裡，他繞過去確認是否一切完好，就遇到了小梅。

小梅蹲在地上，抱著膝蓋，一隻手指隨便地掃著沙土。

他喊她。小梅抬頭又低下去。眼睛紅紅的，他就知道她昨天也在外面了。

他想和她說說昨天的事情，他覺得也許說一說會讓心情不那麼沉。但他不知道該怎麼說起，整個加路蘭安靜得一如往常，除了剛才經過前門看到的以外。

所以他開口：「妳有沒有看到那些地……」

土丘都不見了。反而變成一個一個的大坑。昨晚他看到挖土機把土鏟起來，裝上卡車。

小梅沒有回答。

悶了一會兒，他站起來，撿了好幾塊拳頭大小的石頭。他瞄準屋後壁的磚牆投，左腳離地，回勾，往前踏步的時候把右半邊的身體甩出去。今天的比賽不順，球不太聽使喚，打者也出奇地有耐心，不願對他的引誘球出手。石頭打在牆上發出沉沉的聲音。有幾塊比較脆弱的，就在接觸的瞬間爆散開來。小梅沒有像平常一樣抬起頭看他，有些碎屑滾到她腳邊了也不管。他一直投一直投，一個惡夢般無法結束，永無止盡的半局㉞。

阿樺漸漸喘了起來。

這才聽到小梅開口。她說：「他們都不幫外婆。」

阿樺聽出來話裡面的生氣。他聽懂了，然後也同意地憤憤了起來。他以前從沒這樣想過，現在他想到阿嬤掙扎的身體。他同時也有點心虛，因為昨天他也是那個沒有幫忙的人。

他們並肩坐在一起，清晨的地有一點濕濕的寒氣。

阿樺不合時宜地想到巨人。很奇怪，他明明親眼看到怪手了，卻又想像巨人跨過山來，一大把一大把地挖走地裡的土。

它們要那些土做什麼？

不知過了多久，他們突然聽到一種鈍鈍的聲音。一會兒又是第二聲。

在清早的寂靜裡面，不十分響，但很清楚。

他們跑到屋子前面去。

阿樺覺得自己的視線有點恍恍的。最遠是灰禿禿的山壁，再過來是凹進去的田地，再過來是院子裡的樹。樹的枝椏如同強壯伸展的手臂。手臂上面掛著兩個人影，腳離了地，一晃一晃的。

他聽到自己和小梅的尖叫聲。

※

他們沒有太多時間，就一個上午。

爸媽說，下午他們就要回家去了。他沒有問，但想小梅應該也差不多。

他們約好帶最能夠代表加路蘭的小東西回來，數量不限。

就像往常的每一次遊戲，小梅數到三，他們就互相挑剔對方找到的東西。但他不得

㉞「巠觀的內裡無所謂期限。當記憶切細到不成一畫格，膠卷停駐，亦即永恆。我還在等。等待關閉自己的最佳時刻。」（C，二〇〇七）

不佩服小梅，不知道竟然在哪裡找到了一截還未全枯的稻穗。他從癱碎在路邊的土地公廟挖了一小塊粉色磁磚的裂片，還從阿嬤的臥房裡面偷到一雙長到手肘的花手套。小梅則帶回來一小塊鐵鍬的鏽塊，她說她用剪刀的刀刃慢慢磨下來的。那是外婆的鐵鍬。

「這個不能燒耶。」阿樺說。

小梅堅持，於是阿樺答應要想辦法。

教練說過，投手絕對不能夠慌張。

無論如何，球都在你手上，你要想辦法控制它。

小梅問：「這樣她們就會收到了嗎？」

阿樺點頭。阿公喪禮的時候，他就見過了一次，全家的人牽手圍住一棟好大的紙房子，然後點火。那時候他也問過一樣的問題。爸媽說，那是燒給阿公的。

他還記得，火一點一點從根柢處吞掉房子；同時，他想像房子一點一點在另外那邊築長起來。

他們把所有找到的東西放進幾個大塑膠袋裡面，他還騰一手出來抱著細細瘦瘦的荔枝。它已經有兩隻手掌高了，雖然還比較像立正的草而不是樹。小梅則從家裡撕了一些日曆紙，捲起來帶著。太陽越來越強，不過看地上的影子應該還沒有中午。他跟小梅一路默默默地走。先是沿著黃色警戒線的最外緣，後來看方向有些偏了，乾脆不管，就直直穿過田地，往茔觀的方向去。

因為小梅說：「外婆她們一定一起去了茔觀。」

因為已經不能再回家了。

阿樺感覺到汗在衣服和皮膚的空隙裡面滑動，很不舒服。但他覺得這樣比較好。

茔觀的樣子漸漸清晰了起來。那是一座外型很普通的廟，紅色的柱子和大門，屋簷附近有一些金色的雕刻。廟的前面，有一小埕空地。走近的時候，整座廟安安靜靜的，沒有發出聲音也沒有廟宇的香煙味道。

他們雙手合十，對著茔觀拜了一拜，然後在空地上坐下來。

小梅開始畫圖。她根本沒有抬頭，就開始畫起整個村子的地圖。她的地圖不是社會課本上面那種只有地名和線條的樣子，而是詳細地畫了每一處重要的特徵：阿嬤和外婆的房子、中央的大片田地、土地公廟、村長的家、茔觀和後面的茔地……她把每一張日曆紙的背面都畫滿，然後用鉛筆描出道路的線條來，最後就連成了一張完整的圖。

阿樺跪下來，幫忙把早上收集的小東西安置到它們原來的位置上。

一切完成，這張地圖比小梅以前在地上畫的任何一幅都大一些。

阿樺想像，阿嬤和小梅的外婆如果能進到裡面，事情就會簡單很多了吧。

至少，像挖土機、卡車那樣大的東西，是不可能進得去的。

他看看小梅，小梅說：「我數到三。」

他蹲下來把地圖攏得稍緊一點。

三、二、一……。

用打火機在其中一角點火。

地圖燒得很快。火小小的，看起來一點都不危險，迅速地把地圖截為好幾個各自燃燒的小塊。他來回點火幾次，直到所有可以燒的都成為細細的灰，不能燒的也都被灰燼掩埋住為止。最後，他把自己的那盆荔枝砸碎。土和灰全部混在一起，他在荔枝苗的葉子點火。

你還會繼續長大的吧，阿嬤比我更會照顧植物。

他們牽著手，跪坐在垩觀的前面。火和午後的陽光汗溼了他們全身。

他們感到全然、全然的虛脫，像投出了最後一球的投手。那一瞬間，阿樺突然想到，其實棒球也是一個倒數計時的遊戲。三個好球，兩個好球，一個好球，解決打者。

這樣想來，什麼事情都是在倒數。

於是，阿樺開始想和小梅說說巨人的故事。他們都知道那不是真的。可是現在，他們就在垩觀前面，後面就是那座無比荒涼的垩地，他覺得什麼也都可能了。他可以開口，一直說、一直說、一直說，說到小梅和自己，滿腦子都是巨人的故事為止。故事越多，他們就能夠遺忘得越多，把全部的事情都忘掉。阿嬤沒有哭過，外婆也沒有。他可以悄悄改寫開頭，改變中間的細節，於是就可能有一個完全不一樣的結局。長長的日子，可以這樣用故事消耗，直到最後一個好球進壘。如果有誰指責阿樺說謊，他還可以無辜地說，那是「想像力」。跟手臂上的力氣不一樣，他沒有辦法控制。

它也不會累。

只要小梅再一次數到三，一切就可以從頭開始。

白蟻

【板主：q33ny】　用寫，______ 遺忘。　看板《q33ny》

[←]離開 [→]閱讀 [Ctrl-P]發表文章 [d]刪除 [z]精華區 [i]看板資訊/設定 [h]說明

編號	日期	作者	文 章 標 題
			人氣：2
4098	5/15		-☐ (本文已被刪除) [q33ny]
4099	5/15		-☐ (本文已被刪除) [q33ny]
4100	5/15		-☐ (本文已被刪除) [q33ny]
4101	5/15		-☐ (本文已被刪除) [q33ny]
4102	5/16		-☐ (本文已被刪除) [q33ny]
4103	5/17		-☐ (本文已被刪除) [q33ny]
4104	5/17		-☐ (本文已被刪除) [q33ny]
4105	5/18		-☐ (本文已被刪除) [q33ny]
4106	5/19		-☐ (本文已被刪除) [q33ny]
4107	5/20		-☐ (本文已被刪除) [q33ny]
4108	5/20		-☐ (本文已被刪除) [q33ny]
4109	5/20		-☐ (本文已被刪除) [q33ny]
4110	5/20		-☐ (本文已被刪除) [q33ny]
4111	5/20		-☐ (本文已被刪除) [q33ny]
4112	5/20		-☐ (本文已被刪除) [q33ny]
4113	5/21		-☐ (本文已被刪除) [q33ny]
4114	5/22		-☐ (本文已被刪除) [q33ny]
4115	5/23		-☐ (本文已被刪除) [q33ny]
4116	5/23		-☐ (本文已被刪除) [q33ny]
4117	5/24		-☐ (本文已被刪除) [q33ny]
4118	5/24		-☐ (本文已被刪除) [q33ny]
4119	5/24		-☐ (本文已被刪除) [q33ny]
4120	5/26		-☐ (本文已被刪除) [q33ny]
●4121	5/27	–q33ny	☐堊觀

墨色格子

桌上的邀請函是用一種淡紅色的紙印製而成的，封面燙著「全國象棋精英邀請賽」的金字。

然而正勇卻想著另一件事：在那之後，他已失去了準確重述事件的能力了。

每當他試著告訴別人一件曾經發生過的事，腦中就會浮現一連串的格子，像電影膠卷一樣，每一格就是一個相關的畫面。他會儘可能地詳盡描述每一格裡的人物、動作、空氣裡的色澤和細微的聲音，直到完足，再前往下一格㉟。但他總是在故事已然進行到中站的時候，突然想起應當補充前幾格的某些細節。幾次回頭穿插之後，連他自己都不知道自己說的是什麼了。

這時候他就會想起叔叔永遠伴隨著嘆息的口頭禪：「明明是曾經發生過的事啊。」

相較之下，重述一局棋對正勇來說簡單多了。從小，每一個教過他象棋的棋手都稱讚他的記憶力。象棋的棋盤是由十條橫線、九條直線垂直交錯的方格組成一面絕對精確的座標系。在古代的棋譜裡，甚至有人曾以一闋九十字的詞來記譜，每一個字就代表一個交叉點，於是只要記熟了詞，就可以用兩到三個字來描述一步棋。八、九歲的時候，他迷這種記譜法好一陣子，牢牢背了起來。例如「炮花城」用現代棋譜的話來說，就是最常見的開局「炮二平五」，把座標二上面的「炮」平移到座標五；而「馬杓」就是「馬二進三」，從座標二進到座標三的「馬」。簡直是用詩寫成的星圖。直到二十多年後的現在，他有時還是會告訴剛來棋苑上課的孩子，這步「炮花城」，不就是一炮瞄準對手的御花園嗎？「杓」字意思是勺子，在象棋裡，馬步本來就如勺曲折……他一直覺得這沒什麼難的，因為每一步都是確定的，毫無歧義；一個座標上永遠不會塞著兩個棋子，所有棋子也只會依照固定的方式移動㊱。在正勇棋力進步之後，他甚至覺得，連每走一步引發的後果都是固定的。他喜歡這樣，簡簡單單，能夠精確複述。所以他一下子就學會了，在很小很小的時候。大人們說這是天分，於是他就告訴自己，他註定要一直走棋下去。

人們總說世事如棋局，他怎麼也不明白這句話。

如果真如棋局，事情應該是這樣的：在二十三歲的時候，善於打防守局勢的正勇應能發現「廣廈」大樓西側的落地窗有一處日漸鬆動的釘鎖，適時補強陣形，這樣就不至於

㉟「我一直在意著那位小說家造的詞：『捉襟見肘的寫實主義』……我們的問題是，總是注視著使任何說法都短了衣襟的事物。」（C，二〇〇七）

㊱「那些喜談『眾聲喧譁』的人，總是抱怨充滿歧義的符號讓他們無法好好表達的人，才是最應定居在垩觀的人。在此只有逐層刪削（如果不是瞬間遺忘的話），使話語幾近於純潔；也就是不說話，只思索。把『母親』刪去，把『朋友』刪去，只剩下母親和朋友。」（C，二〇〇七）

在當天夜裡被竊賊入侵，撬走了管委會主委家裡的保險櫃，他也不至於被迫離開這一份他做了兩年多的大樓警衛工作。他原本以為可以做一輩子的，老了以後，就能當那種整日下棋的老管理員。在十八歲的時候，他會知道無論如何該先混個大學學位，就算想下棋，直直地搶攻而無後著，是註定要被化去所有力氣的。如果能夠悔棋，也許十四歲的他會有更好的選擇，不必就激得母親摔碎了所有的棋盤，也不必激得自己從此除了棋再無其他，彷彿稍稍分心就是承認了自己的錯誤與失敗。然而怎麼可能有人算到，在一切之先，那無可言明、不可能明確追溯到的第一步，老早就落下去了。此後，就只能是一直失誤而已了。「象棋有四字訣：軟、空、劣、敗。」二十八歲的他，對著「新民棋苑」入門班的學生說：「這四個字，是下棋的人會犯下的四種錯誤。」他也曾經以為自己不可能犯錯。或者說根本不知道有犯錯的可能。十幾歲的他，曾經那麼擅於製造對手的錯誤、並且隱藏自己的。

十幾歲的他，曾經十分靠近堊觀。

然而那時候他一無所覺，因為他全心只在叔叔身上。

正勇想像過叔叔的長相。叔叔的聲音總是沙沙的，不過他知道那是因為平素少有機會講話的緣故。一旦嗓子熱熟了，就能聽出叔叔說話裡帶有一份斯文人的從容。他想叔叔應是念過書的，吐字用句裡總有一種典雅感，和一種柔軟的語尾——但他學不來那種說話方式㊲。當他想要文謅謅地說話時，想到的都是棋譜裡話聲梗硬的句子：直車過河，七路卒進逼，棄子搶先，穩中帶殺……。其中差別，實質得像是他和叔叔相隔的磚牆。那道磚牆砌在舅舅家的廚房。初到舅舅家的正勇本來沒有注意它，那時他滿心的惶惑，手腳冰凍地開始他高中三年級的寒假。父母要他利用這最後的長假、到這一處安靜了多的鄉間，準備考取個什麼地方。然而他心裡已認定了自己唯一的天分，故而相信除此之外他毫無可能性，也不值得去做，更不敢對自己承認，唯一的願望是那麼可疑薄弱。向舅舅、舅媽打過招呼之後，他們要正勇在廚房裡稍待一會兒開飯，兩人就出去了。他像初伸出觸角的小蟲，小心地在廚房裡轉悠，想像即將在此打發的二十多天。然後他聽到一聲頗為沙啞的男聲：

「你好。」

他驚動地望向廚房口。沒有人。

㊲「一種內容只有一種最好的形式來搭配——也就是說，除此之外，均夾泥帶沙，不清不楚。這不是正好嗎。看似相等的不等式，才有被歷史濾掉的細渣容身之處。」（C，二〇〇七）

下意識地摒住呼吸，然而那男聲顯然不是錯覺：

「你好。你還在嗎？」

正勇這才注意到那面磚牆。聲音是從裡邊出來的，長年的油火已將它燻得煤黑了，僅有右下角有一小塊顏色稍新的地方。

「啊……您好。」

他走近去，順手扣了扣磚牆，聲音透出中空感：「不好意思，我不曉得隔壁有人，打擾您了。」

牆那邊的人停了一小會兒，不知怎麼地就讓正勇覺得那是一個微笑，才說：「沒有關係的喲。平常我也不會特別和人說話的，但你是親戚，那就沒關係了。」

牆裡的人說，叫他「叔叔」就可以了。

那天的晚飯，正勇一直期待著叔叔。他的聲音聽不太出年紀，「叔叔」這兩個字讓人聯想到四十歲上下，但仔細一想，即便說是二十五、六歲也不太意外。更重要的是，叔叔的話聲讓正勇覺得，那必然是一個不同於流俗的人，不會談考試與前途，穿著樸素、簡單但樣子整齊的衣服。然而，舅媽布完了菜，最終也上桌時，餐桌上還是只有三個人。舅舅誤把他的遲疑當作是拘謹，要他別客氣儘管開動。夾了兩筷子，正勇才忍不住開口問：

「我剛剛在廚房遇見了叔叔……」

舅舅似乎有點措手不及：「遇見？你遇見他？」

正勇點點頭：「叔叔從隔壁房間和我說話。他有事不來一起吃嗎？」

舅舅搖了搖頭，幾秒後復又肯定地說：「嗯，他不來跟我們一起吃。」

在大學聯考和與父母的生活完全失敗、他開始斷斷續續找些能養活自己的零工的那段時間裡，他時常想像叔叔在至觀裡面的生活細節。叔叔在裡面如何用餐呢？還是睡在一樣的地方嗎？那樣一處住滿著各種修行人的寺觀裡，有沒有人會和叔叔下棋呢？正勇十分懷念那陣和叔叔相處的日子，於是更加遺憾自己不能改變叔叔的決定，只能任他進入至觀裡。叔叔最後幾乎是頹敗地反覆說著同一句話：「明明是曾經發生過的事啊。」這話總會讓正勇深感抱歉，因為自己的想像力實在有限，還常常走岔了道，以致總是難以明瞭叔叔說的那些故事。兩人都為此深深努力，最終深深挫敗。那些故事對叔叔來說極為重要，但正勇沒有辦法，沒有人有辦法——直到他進入「新民棋苑」工作之後，才因為忙碌，稍稍暫停了原地打轉的思索。

「新民」是一個龐大的象棋學院，從六歲到二十多歲的學生都有。最初他只是在那裡打點零工，幫忙排賽程、畫紀錄看板或當棋證。他的薪水比大樓警衛還低，但這樣的工作他心甘情願，做得往往比領得更多。某一次，棋苑派了兩組選手去參加一個高中的盃賽，比賽開始之後，他沒有任何雜務要做，就挑了一局棋盯著看。比賽會場的邊緣拉了封鎖線，但比較外圍的棋局，還是能靜靜觀看的，特別是他戴著向大會申請的工作證，主辦單位不會趕他。那一局棋下得特別久，整輪所有選手都已了結，這邊還在緩慢磨兌。這種情況，就是兩個勢均力敵的高手，都極少犯錯的結果。事後，棋苑裡領隊的老師到一旁覆盤，想要先從這局棋了解這兩人的習性，為之後的比賽沙盤推演。但該局走了將近一百五十步，中間有幾個錯落的環節，怎麼覆都不大對勁。他經過，一瞥棋盤，順口說：「那一步是卒六平七。」兩個老師有些訝異地看著他完整地覆完整局棋，正勇在某些關鍵處，還停下來說：「這裡。紅方想得很久，也許是在考慮變著。不過最後，他還是……」

從此之後，只要「新民」的選手出賽，他就一定會到場。在比賽裡，他不需要打雜，薪水也拿得更多了。他的任務只有一個：用他能夠精準重述每一步棋的記憶力，在場邊擔任情報蒐集的人員。每次賽會之前，棋苑會整理一份假想敵名單，由正勇在場邊默背，或者遠遠用望遠鏡觀戰。比賽一結束，他馬上把所有棋局輸成電腦紀錄檔。效果很快，幾個月之後，新民的棋手在面對同級對手的勝率大幅提高了。原因很簡單：新民的選手早就知道對方的路數，因此在應對速度上有極大的優勢，對方就算沒有真的較弱，也會因為時間耗用的壓力出現失誤。很快地，整個棋壇都在傳，新民內部有一個龐大的、前所未見的棋手對局資料庫。有人認為那是一個專業團隊潛伏在整個會場蒐集，更有人認為那是買通了大會棋證得到的。無論是哪一種，沒有一支隊伍能夠模仿「新民」的資料庫——一場比賽的獎金不過幾十萬，而且大部分是選手拿走，哪個單位花得起這筆錢？

沒有人想得到，「新民」是有一個資料庫，但建構者只有一人。

對正勇來說，這項工作最無趣的部分，就是將棋局輸入電腦，如果需要，他其實可以隨時重覆，無論經過多久。

更重要的是，他記得大多數局勢轉折時，棋手細微的動作。

他告訴「新民」的選手，面對某一人時，快速的出手會打亂他的節奏；而另一人不喜歡被聲音干擾，所以落子時輕扣出聲會讓他分心。

棋苑的人每每都驚嘆於他的觀察。這種時候，他就會想起叔叔。

如果沒有和叔叔隔牆對弈的那個高三寒假，他的感官一定不會被磨銳到這種地步。

那不只是聽聲辨位、辨認情緒而已。到後來，正勇覺得他完全能夠看到叔叔的表情，即使那時他還未見過叔叔的面。

舅舅和舅媽不喜歡談叔叔，每次正勇試著提起，他們兩人就落入某種沉思，盡可能捉著字面的意思回答。在舅舅家待了兩、三天之後，正勇終於搞清楚，叔叔不是因為有事而不出來見人，而是數十年來，叔叔一直都閉鎖在那道沒有開口的磚牆後面。過了許久，正勇才從叔叔的口中知道，那道磚牆本來是廚房的外牆，再過去就是屋後的水溝，陽光照射下會有水薑緩緩抖動之處。但在某一天，叔叔來到這個家裡，舅舅便作主把磚牆拆解下來，往內平移，空出一塊比雙肩再寬一點的地方，砌起來，在裡面放了一條長板凳，讓叔住在這間沒有門窗的房裡㊳。每日裡有幾次，舅媽會用一種巧妙的手法挖開右下角的幾塊磚，把食物端進去，換些東西出來。正勇起先感到不可思議，腦中浮現的是在新聞裡看過的虐待場景：

「他們怎麼可以這樣！」

裡邊的叔叔輕輕笑了：「他們就是這樣了。」

正勇覺得腦袋沉沉的，舅舅夫妻不熟稔但親切的臉在心底轉著。

「叔叔，你得要出來。這牆是可以拆掉的。」

「不，正勇，別拆。是我求你舅舅讓我在這裡的。」叔叔說，一邊輕快地敲敲牆壁，那是他表示愉快的方式：「這麼多年了，出去也不見得好。」

正勇聽得有些糊塗了，總覺得叔叔話裡有什麼矛盾。但在那個十八歲的冬天裡，叔叔的每一句話都讓他覺得矛盾，老是缺乏某種關鍵的知識㊴，以至於聽起來不大順暢，連想發問都不知從何問起。叔叔喜歡說自己年輕的事情，那時候他還在外面，似乎還是一個顧盼自得的英挺少年。叔叔和正勇第一次聊天是在他入住的隔天，他就著比較敞亮的廚房桌檯翻書，牆裡面的聲音傳出來：「現在還有人戴 Panama hat 嗎？」

那連串的音節只帶來困惑：「什麼？」

「應該是，帽子。還有人戴巴—巴—拿馬帽，應該是這樣說吧？」

正勇搖了搖頭，隨後才想起叔叔看不見：「沒有吧。我沒有聽過這種帽子。」

「沒有聽過呀……」

叔叔說，他年輕時，每一個時髦的人都得有一頂。那是一種圓盤狀的草帽，好壞的價格差非常多，他自己就有一頂七十元的，出席重要場合的時候，在玄關處脫帽交給僕

㊳「墨俣一夜城。我突然覺得，這是唯一可能建成壅觀的方式。唯其一夜成城，工人才來不及遺忘榫接的位置。壅觀內全然空白的雕飾，不是刻意，而是不得不然。再待久一些，就要和那三尊神像一樣模糊了。」（C，二〇〇七）

㊴「然而怎麼可能？必是先有人經歷了遺忘，然後才記得要仿效墨俣故事。要『記得』『遺忘』……除非，有邏輯以外的出路……」（C，二〇〇七）

人，就足以引起一陣竊竊私語了。「好的Panama，可以捲起來收進小筒子裡，再展開也沒有任何皺摺。」叔叔說：「你真的沒有聽說過？」正勇還是只能搖頭。他想，七十元如果是一個叔叔會用這種語氣誇耀的價格，那該是多久以前了？叔叔微微地嘆了一口氣，那是正勇第一次聽到叔叔說：「明明是曾經發生過的事啊。」

幾天之後，舅舅和舅媽終於不再對正勇與叔叔的交談感到緊張了。在某頓晚餐夾菜的空檔，舅舅突然開口：「要記得，別向人說起他。」正勇的話比自己的反應更快：「好的。」說完才又後悔，怎麼沒有問下去，這是怎麼回事？但幾日以來，他看舅舅、舅媽確實沒有虐待叔叔的跡象，送飯、送衣服的寒暄都是溫溫煦煦的，舅舅有時也會主動到廚房裡聊天，聽到舅舅稱呼叔叔的名字尾巴有個「桑」的音，正勇才恍然理解那是日語。他有些驚奇，每天總是下田沾得一身泥水回來的舅舅，竟然能流利地說一種外語，但他收著自己的好奇心，告訴自己，會就是會，也不必多問。

正勇早已習於自己的缺乏好奇心了。

因此，那些讀起來充斥著陌生感的教科書，他一點興趣也沒有。

每一個進入「新民」的孩子，第一件要學的事情就是記錄棋譜。要練習到能夠毫不考慮地依照「車九進三」、「兵五進一」這類指令走出棋步為止，因為這是一切棋譜、對局紀錄，也就是一切棋藝訓練的基礎。情報蒐集工作做得夠久了，棋苑那邊也認可了他的棋力，就派一些比較初級的班級讓他教。他時常想起他的第一個學生：叔叔。舅舅和舅媽總是有忙不完的事，白天家裡泰半只有他與叔叔，和念不下的一疊書。也不知是哪裡來的靈感，他突然問叔叔：「你會下象棋嗎？」

叔叔遲疑了一會兒：「小時候下過，只是不知道還記得多少。」

正勇急急說：「沒關係，我教你。」

叔叔笑了：「你很厲害？」敲敲牆：「可是，這樣怎麼下呢？」

正勇早想好了：「叔叔，你先聽我說一闋詞。」

銀河高，紛落一庭花雨，日漢星杓都如許。平台人望處，江城返照千里，村市浮煙萬樹，乳燕游絲春畫裡，綬帶樂卒志。

魁纏靜，清留群壑松聲，山川人意各爭榮。畫閣倚空明，鈴宇回風乍冷，鎖窗映月初橫，沙鷗磧鷺晴輝永，畫莎相雷公。

每個字，就是一個座標點，他八、九歲時沉迷的那套。

他想，反正叔叔沒有學過，學古譜記法和現代記法，也沒有什麼差別。這樣的譜，唸起來也有趣一點。他本來打算直接把整個座標系寫出來，讓叔叔讀著背誦：

1 2 3 4 5 6 7 8 9

留山爭空風映鷗永公

清聲各倚回窗沙輝雷

靜松意閣宇鎖橫晴相

纏鑾人畫鈴冷初鷺莎

魁群川榮明乍月磧畫

綏游煙千處許漢一銀

帶絲萬里江平星庭河

樂春樹村城台杓花高

卒畫乳市返人都雨紛

志裡燕浮照望如日落

九八七六五四三二一

「但我這裡，一個字也看不見喲。」叔叔說。

於是，他們花了兩整天的時間，一個短句一個短句背起來。這首詩很多地方的用字實在太奇怪，連正勇都常常解釋不過來，幸好叔叔的記憶力很好，硬是能把它記誦出來。

等到記熟，正勇才開始解釋整個棋譜的原理：詞的上半片是直排在棋盤的下半部的，因為它代表的是「己方的陣地」；而詞的下半片，則要把棋盤翻轉過來直排，因為那是「對方的陣地」，要用對方的角度來看。

如此，就可以用聲音下棋了。

叔叔最喜歡的起手步數是「兵萬煙」。

在專業的術語裡面，這種走法叫做「仙人指路」，是一種溫和、試探的走法。然而在這套古譜的表記法裡面，卻成了殺氣凌厲的三個字。

正勇回想起來，這的確就像是叔叔；他搞不清楚，究竟是溫和的，還是凌厲的。

那樣溫溫說話的人，卻不知道為什麼，決然地在那堵磚牆後待了一輩子，最終決定要出來了，又執意要去孯觀。

那樣拒絕世界到了極處。

在「新民」的頭幾年，有不少老師問他，願不願意參加成人級的比賽。這種比賽獎金比較多，裡面多的是經驗豐富的老棋手。正勇對他們笑了笑，只推說，太久沒下，早就荒疏了。

這或許不只是推詞。十八歲以後，他確實極少再有認真下棋的機會了。

他也常常問自己，怎麼就這麼輕易地放棄了。不是為了這個，而暗下了拒絕好好考大學的決定嗎？

正勇也想過，跟棋苑裡的長輩談談，把來龍去脈說清楚了，或許他們能給一點指示。

但在那之後，正勇便不太能準確重述一個事件了。

腦中的格子來來去去，每一個格子總得花上好幾句話才能說明。不像棋步，無論是哪一種記譜方式，絕對精確，毫無歧異。好幾次，他幾乎就要開口了：「我高三的時候啊，認識了一個……」然而話說至此，他又突然懷疑起自己的故事了。叔叔和他的放棄有關嗎？沒有關嗎？哪些棋步是造成這局勢的一部分？

和叔叔下棋的狀況，和正勇原來想像的很不一樣。他原本以為，這只是個解悶的遊戲，以他練棋的經歷，尋常對手大概只有連敗的份。叔叔確實是下不贏他，但一種莫名的狂熱讓叔叔鎮日苦思每一步棋。每天早上的第一局棋在早餐後開始，最早正勇還刻意用一些偏門的走法，如「炮花村」、「兵帶綏」這種不可能在比賽中用上的開局，仍然輕易在三十步左右取勝。叔叔的話聲和他隔牆來回，頗有一種武俠小說裡互遞招式的感覺。正勇沒有料到的是，叔叔的記憶力和他相比有過之而無不及，每一局結束都要跟他覆盤，檢討每一步的狀況和可能性。況且叔叔的習慣倒過來覆，也就是從最後一步開始談起：

「所以這裡，如果我改走『士鎖回』會怎麼樣？」

正勇感到小小的混亂：「我想沒有什麼差別，我依然走『馬初輝』。」

「唔。」

趁著這沉吟的空檔，正勇隨手找了張紙，把剛才的棋步速記下來。

「所以問題是在倒數第三步囉，我這個『車倚市』下太快了對不對？」

「對，這步太快。不過真正的問題是，我的馬已經在『初』了，你應該想辦法堵住『橫』位。」

這樣下來，往往拆解完，一整天就過去了。隨著叔叔棋力的快速進步，早晨的棋局漸漸要到近午才能結束，而增加的步數更是讓覆盤的時間無止盡的延長下去。到最後，往往要將近兩天，才能完整地了結一局棋。有越來越多的時候，叔叔在某步棋提出了新的走法，整局的情勢就被帶往了全新的方向，迫得正勇像面對新開的一局一樣重新思考。

當陷入僵局、兩人疲憊不堪的時候，叔叔就會講幾個以前的故事。

叔叔說，他曾經坐過牢。

正勇差點回說：你現在這樣，和坐牢不也一樣？

正勇沒說，但叔叔倒像是聽到了：「坐牢和現在是完全不一樣的。現在我就是過著日子，不必去想明天的事情，反正一覺睡醒就是了。」

「那坐牢呢？」他問。

「那不一樣了。你只是想著，會不會過不了今天呢。」

正勇沒有問叔叔犯了什麼罪，只是聽。

「住久了，同一房的都成了朋友。可是又不是朋友，因為常常擔心，如果說漏了心裡事，會不會就被誰說到法庭上去了。」

「有個朋友，就這麼被帶去槍斃，」正勇為這輕描淡寫的一句話驚著了：「走之前，傳了張紙條回來。我們想，怎麼可能都判死刑了還准他傳信？但打開一看，都懂了：那是一張白紙，上面什麼都沒有寫㊵。」

「難怪可以傳回來。什麼都沒寫嘛。然後這一房裡的人都哭了。」

叔叔的聲音突然迫近，彷彿俯身過來：

「你知道為什麼嗎？」

正勇感到一種考試般的窘迫：「不，我不知道。」

靜默了好半晌，正勇覺得自己應該打破這僵局：「為什麼哭呢？」

叔叔嘆了口氣。

「我終究沒能傳這樣的一張回去。」

從棋苑下班之後，正勇的生活動線非常簡單。他買一點食物，走過大約兩支公車站牌的距離，回到租賃的小小雅房裡。房間裡沒什麼特徵，別說沒有一般棋手會有的滿櫃棋譜，連顆棋子都找不到。回到家裡，往往還不到睡的時間，但無事可做的他就躺在床上了。幾年以來，他很習慣這樣空空地任時間流過去。很多時候，他會把叔叔跟他說過的故事，從頭到尾再想一次，檢查是否遺漏了什麼細節，並且試圖理解叔叔。有的時候他也會想起父母親，想起舅舅跟舅媽，想起一些或可稱之為朋友的人。他也認識過幾個女孩子，短暫地約會，不意外地淡了聯絡。就這樣空空地流過去，很習慣了。

人們總說世事如棋局，他卻怎麼想也無法把這兩件事連到一處。

下棋是多麼簡單清晰的事，只要三個字就能開始：

馬永橫。

兵星漢。

㊵「我什麼都沒有對你說。總是如此。」（C，二〇〇七）

包松宇。

炮春城。

那些次序被打亂，但又強固地被規則連結起來的字。

只要記熟了這九十個字，他就可以在腦裡進行一局棋。

所有的棋局都似曾相識，都不是嶄新的。這樣很好，一種不知不覺的重複。

他漸漸覺得自己能夠明白叔叔的痛苦。在叔叔的腦子裡，想必有很多很多的格子，而且比正勇所有的，色彩氣味都鮮明百倍。它們一直在心裡滾著，要求叔叔把它們說出來，讓懂的人聽。但叔叔在磚牆裡住得那麼久了，恐怕連舅舅、舅媽都沒能懂，何況是更年輕的他。他知道這種難過，就像現在，他對自己的過去一清二楚，卻什麼也說不出來。

桌上正有一封邀請函，信封上寫著「全國象棋精英邀請賽」。

棋苑那邊，除了幾個一定會被邀請的高手之外，另外還有幾個自由推薦的名額。苑長把他找去，說，這幾年，我們所有老師都出賽過了，有沒有興趣，去比一次？

我看過你學生時代的紀錄，你的實力，應當還是很不錯的。

他看著苑長那一向溫藹的表情，心裡頭格子飛快流轉。

「況且，這兩年，你幫我們這麼多。」

終於還是接過邀請函，承諾會回去想想。

他在床上翻身，轉過來面對一堵冷冷透著寒氣的白漆水泥牆。牆上有幾處剝落的漆，他常無意識地摳它，露出一點灰泥的顏色㊶。

就像叔叔棲身的小小空間，一面是磚牆，一面是灰泥壁。

他忽然想起了一個問題：磚牆是在叔叔的右手邊，還是左手邊呢？

直到那次叔叔決定出來，他才真正看到那「房間」的樣子。一眼可以看完：一條比叔叔身高長一些的黑漆木板凳。叔叔就躺在上面，僅與肩同寬的狹間裡面，甚至沒有足以翻身的空間。

所以，左右位置必然是固定的。但是哪一邊呢？

正勇為自己記憶畫格的遺漏，感到一陣輕微的惶惑。

他回想那個時候，是舅舅與舅媽已睡去的夜裡了。

㊶「我住下幾週間，民宿主人問了幾次，為什麼我要整日對著堊觀寫寫畫畫？但無論我解不解釋都難以說明。這是這樣一個地方。有一日他就指著我背後的灰泥牆，上面不知何時蔭上了暗沉的水印子。他說，這就是你，你的影子都把牆蝕出形來了。我對他笑一笑。他接著還指了另一面牆：那就是我，我平常泡茶的位子。那些自願進入觀裡的人，不能忍受的就是這樣的世界吧？」（C，二〇〇七）

他們剛剛覆完一盤棋。那是叔叔第一次贏過了年輕的正勇。正勇是有些失誤，中局有幾次關鍵，輕敵選擇搶攻，終於被磨耗了原有的力量。但整體來看，這局棋輸得不冤，叔叔把局勢控制得很穩健。

叔叔突然說：「我想看看這局棋。」

正勇一時沒有會意過來：「怎麼看？」

叔叔輕快地敲了敲磚牆。

正勇大喜：「我、我去拿工具來——」

叔叔的聲音顯得沉著，似乎已經考慮過許久了：「不，不要從磚牆這裡。你去找一台推車，然後到後邊的壁外面找我。」

正勇在夜晚的微光裡，儘可能輕巧地把門邊，舅媽拿來載運菜籃的推車推出去。一出門口，正勇才感覺到他對周圍環境的陌生。白天雖然有在外頭走動過，但他從沒想過此刻會暗到這樣地步。他幾乎是有些踉蹌地沿房子外牆繞了大半圈，腦子裡有些興奮地憶起初來時對叔叔長相的想像。幾十年，恐怕變得連舅舅、舅媽都認不出來了，這樣說來他就是第一個看見叔叔的人了。

廚房的外壁是沒有整飾過的灰泥，牆角是窄窄的水溝，只有推車的一半寬度不到。

他拾起一塊石頭，邊輕敲邊喊：「叔叔。」

一敲之下，幾塊灰泥碎片就墜到水溝裡了。

叔叔的笑聲傳了過來，比隔著磚牆更加清晰：「對，就是這樣。」

在飄散的煙塵裡，正勇閉著氣，一塊一塊把灰泥牆砸碎。他感到某種不踏實的感覺，原來關限了叔叔幾十年的牆壁，只有這麼薄而已嗎？

牆碎裂崩垮，甚至沒有發出太大的聲音。

他喘著氣，感覺到氣溫的凝凍和勞動的熱氣在皮膚表層衝撞。

整個狹間是墨黑的。像是太久不見光，因而全然內化了黑暗那樣。

他把長板凳拉出來，像是從墨池裡拉出墨條。

在夜色裡面，他看得不是很清楚。但他卻知道，躺在板凳上的，是一個老到了極限的老人。他的四肢皺縮著，有控制不住的微微顫動。頭部所佔的過大比例，顯示他原本可能尚稱健壯的身體，已經萎縮得不成樣子了。但在那頭鬈而散亂的焦髮底下，眼睛倒還是明亮著的。

他第一次真的看見叔叔對他笑。

他不知道該怎麼說，只好揚揚手裡的紙：「屋裡沒有棋盤，我自己畫了一個……」

那是正勇能找到最大張的紙了，足足有一般參考書封面的兩倍大。

叔叔仍然躺著。他伸手去扶，托了一托，就嚇得縮回了手。

那股黏膩感，不是髒污，而像是……一具融化中的身體。

叔叔的樣子像是聳了聳肩：「好幾年前，就坐不起來了。」

「沒關係，你把我立起來看吧。」

也許是這一幕在記憶畫格裡實在過於清晰，才會讓正勇忘記了左、右的問題吧。他不知所措，只好依言將板凳靠內側的磚牆斜立。在陡峭的角度之下，叔叔看起來就像是倚牆站著了。他的身體依然穩穩地黏附在板凳上。正勇告訴自己，不要去想像那背部的血肉。想像那血肉本是如此，一種奇特的外骨骼。

然後正勇回屋裡，找了些圖釘來充作棋子。

叔叔說，剛才是我先攻，炮花城。

正勇還未從震盪中恢復，順手就把右側的炮移到當頭正中。

叔叔「咦」了一聲，嘴角撇了撇，喊了下一步：馬永橫。

這一局是叔叔中炮盤頭馬對正勇的單提馬七路炮。想來是托大了一點，單提馬畢竟中線薄弱，走七路炮雖能攻擊側翼，但後繼無力。叔叔看準這點，就盯著中線猛攻。

正勇彷若失魂，只是依著叔叔的口訣移動棋子。圖釘在落子的位置釘出破洞來，有時移得粗魯些，還會直接劃開一道。隨著棋局的前進，被拔去一旁棄置的圖釘越來越多，紙面上就只剩下深深淺淺的戳洞。最後幾步，叔叔橫車卡肋，炮鎮當頭，一隻小兵萬里行軍進逼宮心，一氣呵成完成棄子連殺。

正勇這才稍微習慣了眼前這老人。

至少，走起棋來的感覺是沒有變的。

叔叔澀澀地大笑了起來。

這笑不十分響，但很長，長到讓正勇難受。

他忍不住問：「叔叔，你笑什麼呢？」

叔叔十分費力地止住自己的笑聲，喘了好半晌，這才平靜下來，說：「原來啊，我一開始就弄錯左右了。」

「我一直以為，那首詩要從左邊寫過去。」

「唉，我們就這樣，下了幾十局相反的局喲。」

叔叔又大笑了起來。

正勇困惑地看了看棋盤，明瞭了，也跟著輕輕笑開。

他們始終想的是不一樣的棋面，卻還是下完了這麼多局。

那天夜裡，叔叔要正勇把他連著板凳一起架上了推車，沿著大路往村口外推。他問叔叔要去哪裡，叔叔卻又說起故事來：

「我們幾個同一房坐牢的，後來都成了好朋友。」

「其中一個人，告訴過我們逕觀的故事。」

「他說，那是他家鄉裡的一座寺觀一樣的東西。沒人知道裡面是拜什麼的，也沒什麼祭祀，但各地的修行人就會不斷地進去。」

「朋友裡，只剩下我還沒進去了。」

叔叔說到這裡的時候，他們正好到了村口。天邊已有些微微的光，那股色澤讓正勇想起剛下火車時，曾經瞥見的一處小山。那是一片灰泥顏色，毫無草木的山，從車站望去，就立在一片稻田中央，像是錯長了的白骨。但幾週以來，正勇足不出戶，幾乎要忘記有這座山了。此刻，這座山就在眼前，原來它只在村子外頭不遠處。靠近了看，才發現山腳下有座模糊不清的廟宇。

叔叔努了努下巴，「就是那兒了。」

叔叔堅持要去。

傳說，進入那裡面的人，可以提早進入輪迴。他們的身子會繼續活著，但是遺忘一切，像是洗淨全身的嬰兒，等待下一世人的到來。

這是叔叔在那夜裡，焦急地說服正勇時說的。

正勇不知道該怎麼做，他感到害怕，感到自己不能下這個決定。

那時他才十八歲，相信自己唯一的天分，也相信自己除此之外無能為力。

他問叔叔，能不能至少和舅舅、舅媽說一聲再走。叔叔沉默了一陣，才開口說：「不，他們不能明白的。」幾乎和正勇的思緒同時，叔叔隨著說：「你也不能明白的。對吧？」

正勇點點頭。

最後，叔叔說了一句話，就閉上眼拒絕再說了㊷。

十年之後，正勇躺在自己租賃的房間裡面，任腦袋裡的格子亂竄。眼前幾公分的灰

㊷「後來，我認識了民宿主人的兒子，一位新竹來的大學生。我從沒想過有這樣的大學科系。他告訴我，在那一行裡，他們相信，只有完全不會動的東西，才學不會說話。稍微熟稔一點後，我們聊起埡觀，他卻又告訴我，他不知道該怎麼說。關於人們來到埡觀的原因。他彷彿覺得自己曉得了，但不知道該怎麼說。」（C，二〇〇七）

泥牆散發出微微的生腥。很多事情在心底想著。他試圖去推測下一步棋該怎麼走，但這世界的規則亂到他無所適從。他逼自己集中精神想一件事，一件就好。就想，該怎麼處理這封邀請函，他答應苑長要回來想想的。明天上班的時候，一定會見到苑長，他會問正勇的決定。他想像那場景，就像想像對手的下一步。然後他突然覺得，這個局勢有些熟悉。

不自覺地，他喊出那天叔叔說的最後一句話：

「我試過、我試過了……」

標準病人的免疫病史

一開始的時候，母親說，以後你還會遇到很多病的。想了一想，她似覺不妥地改口：我是說，你會好好的。健健康康，就像我一樣。

母親確實一直健康。她的外表就像她的年紀一樣，是頑強的四十歲。當他蜷縮在自己的房間裡，聽到她急急下樓的腳步聲時，彷彿看見那雙強韌的小腿劃開空氣，腳板結實地踩在樓梯上。在那之間有著難以計數的力量流動，先是從防滑銅片回擊，再被下一個跨步攪亂了節奏。他看不到但是能夠閉起眼睛，全黑的視域裡便會浮現長長的柏油路，兩旁樹影交疊。路的盡頭就是醫院，他不知道醫院該是什麼顏色，但總歸是方形的大樓，而且內裡一片純白……

然後就沒有了。

就像在這裡，他坐在一個小小的軟墊上，周圍坐了一列又一列像他一樣的人。但他們都明白，這一個寬廣的大殿裡什麼都沒有。

那句他僅記得的經文：無無明亦無無明盡乃至無老死亦無老死盡㊸……

那麼多的事情他都將，或者已經，不記得了。他知道所有的記憶都在滑落，被一片濃重的黑幕驅走掩蓋，就像是閉上眼拒絕光線但比那個再強烈一點，硬生生的。就算他曾經艱難地背誦演練。

母親從來不帶他去。

直到那一次帶他去。

他始終閉著眼坐在軟墊上。在忘記以前他始終閉著眼，他記得房間外面的世界亮得可怕，那些不同顏色的能量撞擊他然後逸走，在進入室內之前他只能閉著眼，保護著太過脆弱的眼睛。母親抱抱他，輕輕附耳：到了，小心階梯。進到醫院裡面之後，他立刻因為被無邊無際的白色包圍而感到安心。他問母親：到了嗎？我們到了嗎？

母親牽著他的手沉靜地說：剛開始而已。

他被安置在一個能旋轉的靠椅上，再過去有一張床、一張書桌和兩張椅子。其中一張椅子坐著一位穿著白袍的先生。這個房間真好，他舒服得幾乎想蜷縮起來。

然後母親猛然撞進門來。

母親臉容痛苦，手揪著胸口：「醫生、我、我……」

㊸「每一個關於母親的夢，總是伴隨著宗教的影子，彷彿她決定把她的離開定位為『出家』。那樣聽起來，就會些許不同於『離家出走』吧。然而出家有兩種意思：一種是她想忘了一些事，我們說『遁入』空門的時候，這個動詞就隱含著逃離的努力。另一種是，她已經全部忘了。也對。只有那些超歷史的神們，才能把所有時間刻痕給抹消掉吧。一句反過來寫的祈禱詞：神哪，請不要給我那麼多的時間。」（C，二〇〇七）

醫生連忙指揮母親坐下，問她怎麼了。母親一隻手放在胸前，坐得很直，稍往前傾，好像不這樣就會感到疼痛。她的胸膛急速地前後移動，斷斷續續地說：「我、我喘不過氣來……」他嚇壞了，緊緊抓住椅子邊緣。他想母親那麼健康，而那樣的身體裡竟然也瞬間長出了膨脹收縮的炸彈。醫生很冷靜快速地問了幾個問題，起身擺弄一些金屬工具並且把它們用在母親身上。母親的呼吸漸漸平穩下來，身體的線條也變得柔軟，最後醫生遞給母親一張寫滿字的紙，說：「拿這張到櫃台領藥。」頓了一下，等母親接過，問道：「妳是自己一個人來的嗎？」

母親搖了搖頭。她說：「我和我男朋友來的。」

他睜大眼睛注視母親，但她並沒有回看，彷彿他的不存在和她的男朋友一樣真實。

醫生說：「那就好，記住不要自己開車，妳現在最好不要太過用力。」

母親說好，退了出去。接著醫生離開，又走進第二個穿白袍的先生。

再一次，母親猛然撞進門來。

那一天母親一共撞進來七次。每一次都呼吸困難，坐姿僵硬等待七個不同的醫生施用金屬工具。醫生們問母親的問題不太一樣，但母親的回答總是差不多：上禮拜到山上露營就發生過一次了、剛剛坐進沙發裡突然喘不過氣來、現在急診間裡比較沒那麼喘可是頭有點暈……只有最後一個問題是相同的：「妳是自己一個人來的嗎？」而第七次的時候他已經從緊張、困惑和憤怒之中安定下來了，他想這或許是某種祕密的遊戲吧，於是搶在母親之前說出口：「我和我男朋友來的！」

第七位醫生和母親驚詫地望著他。

他有點害羞地補了一句：「那就好，記住不要自己開車……」

小房間裡沉默了幾秒，母親才突然回復了健康的呼吸和聲音，對醫生迭聲：「抱歉、抱歉……」

從那天起他才終於明瞭母親的職業，也開始接受她的訓練。

母親說，作為一個病人，最重要的事情是每一次都要一模一樣。每個醫生會問差不多的問題，做差不多的事情，但是：「生病的人，不能夠只是差不多。」母親真的能夠每次都一樣。有一次她負責生一種手腕發炎的病，只要手掌往後彎到十五度就會劇痛，於是不管醫生前彎、左彎還是用小鎚敲手腕，她都微笑得像是優雅的貴婦——她對醫生說她是：「這也是病的一部分。」她事後對他說——，但只要稍微往後折拗到十五度的瞬間，她便會痛得用力甩掉醫師的手，抱回胸口，眼淚和尖叫一起迸出。

母親說你來試試，把貴婦改成，改成有錢的少爺好了。

他說好，從門外走進坐著母親的房間。那是家裡的房間，並非全白，但幽暗的微光也很令他放鬆。

母親醫生問：「你有哪裡不舒服嗎？」

「我……。我痛。」他說。

母親皺眉：這樣不行，要把話說清楚，你是個有錢人家的少爺呢。

他吸一口氣：「我覺得手痛。」

他感覺到醫生的視線落在覆著彈性衣的手上，感覺到視線的顏色，一種灰藍色的能量徐緩靠近，終於狠狠在他的膚表炸開。他立刻哭了起來。好痛這是真的好痛，不是生病，而是真的生病。他想起房間外面的世界，他想怎麼外面世界的顏色會跑進來，怎麼已經結了痂的手背手腕竟然還會痛。他以為在十歲那年他就會永遠忘記什麼是痛了，但母親催促著，怎麼痛呢？是這樣嗎？（她一根一根地牽動他的指尖）是這樣嗎？（她揉著大拇指的根部肉處）是這樣嗎？（她抱著十歲的他從淹沒了一切顏色的黑幕中跑出來）是這樣嗎？（是的妳快停止妳為什麼就是不停下來——）

他的眼淚啪嗒啪嗒落在長褲上。

母親醫生試過了十四度、十六度，以及十五度，每一個角度他都覺得痛極了。

十歲的他年幼得還不知道該如何稱呼這種灼傷，當他小心地坐穩在木頭製的課桌椅上，他努力讓自己不要有分毫移動。但沒有用，四面八方的顏色投擲過來，灰藍色的深紫色的亮黃色的淤紅色的……他們看著他。然後灼傷。

母親抱抱他，用袖子擦乾眼淚，但仍然輕聲地說：這樣不行，我們再練習一次。

就是在那次，她說，以後你還會遇到很多病的。

就像她已經遇過的那樣。她曾經嚴重頭暈、喉嚨痛、肩膀肌腱撕裂傷、骨膜發炎、下背疼痛導致難以站立——或者因為差不多的理由而難以安坐——、心絞痛以及他第一次看到的呼吸困難。生這些病的同時，她還必須同時扮演麵攤老闆娘、大公司的總機小姐或成衣廠的女工。

現在，當他蜷縮在自己的房間，聽母親離去的腳步聲時，他不必閉上眼也能夠看見即將發生的事。母親強壯的小腿跨入醫院，一位年老的醫師遞過來幾張紙。她坐下來，很認真地讀著：

妳是一位三十六歲的女性，因為背痛來到急診室。

妳的生命徵象（vital signs）如下：

體溫：36.6°C

脈搏：90/min

呼吸：20/min

BP：130/80

……

如果學生在妳坐姿時伸直妳的右腿，妳的腰痛會加劇。

妳可以用妳的腳趾慢慢地走，不過不能用妳的腳跟走動（妳只能走一步，然後疼痛會加劇使妳無法再往前）。

妳很難彎腰去觸摸妳的腳趾（當妳的手指伸到膝蓋時便停住了）。

一個小時之後，她會和一群標準病人一起來到一個房間，出現了另外一位年老的醫師，他負責檢查她是否真的有背痛。生病這項工作必須由沒有生病的人擔任。走出房間之後，她到廁所裡換了一套花色較豔的衣服，以符合三十六歲鮮少出門的家庭主婦形象。最後，她一次一次地敲診療室的門，面對每一個不一樣的醫生說出一模一樣的台詞。有些醫生會緊張，講話有點發抖，有的醫生則不太聽她講話。所有的醫生都知道她沒有生病，卻全部都在努力地找出她的病。

有的時候他們會在病歷上寫下錯誤的答案，開出錯誤的藥。但她就像是個生病的三十六歲家庭主婦，努力想鞠躬道謝但是又痛得彎不下身。

她常去的醫院時薪是三百五十元，往往會多發幾百塊津貼。離開之前，接待她的兩位年老醫師會稍微詢問她，剛才的幾個學生表現如何。她會稱讚那幾個有禮貌的，然後含蓄地說，第三個是不是比較沒有經驗一點，手勁有點重……兩位年老醫師側頭沉思幾秒，接著謝謝她今天準時來：沒有你們的話，我們還真不知道該怎麼辦。

她合宜地笑，受寵若驚般：哪裡哪裡，可以考醫學生的試呢！這是我的榮幸。

她會在回家路上買兩份快餐，帶一杯水果冰沙給兒子。她有時候會忘記自己已經恢復健康了，仍然拐著膝蓋走路，直到飲料店的老闆娘親熱招呼：「唉呦！受傷囉！」她用銅板換過塑膠袋，敬業地繼續扮演傷者：「昨天跟兒子去爬山，扭到了。」老闆娘有時候會再關切要不要去看醫生，她就揚揚手指向來時路剛去過。她想老闆娘一定在暗罵兒子不孝，怎麼讓受傷的母親出門買晚餐，她在心裡幫兒子分辯幾句：唉，工作忙嘛，平常都不見個人影。轉進公寓門內，她立刻挺起身體走上樓，把食物放在客廳，敲兒子的房門。

他打開房門，穿著肉色的彈性衣，外罩一件綠色夾克。彈性衣像一層厚厚的皮膚，但顏色比真正的皮膚深，比燒傷的痂塊淺。在耳朵、眼睛、鼻子、嘴巴剪開了彷彿臨時的透氣開口。

母親會輕聲說，我們再練習一次。

時間一久，他開始不確定自己是否帶了彈性衣進來垩觀了。在進來以前，他記得所有的事。記得所有經歷過的練習，也記得所有還沒做過的練習。那些關於生病的練習。而當疾病變成一種衣服，可以穿上脫下，而且能編織得固定不變時，他便可以穿著這些衣服，在那些醫生面前表演。但他不確切記得了。在垩觀裡遺忘是日子流動的方式，他時時複習著自己目前所能記得的一切，像個末代君王巡視日蹙的國土，試圖逆返回到輝煌的時代。

（無無明亦無無明盡乃至無老死亦無老死盡……）

然而每一次的複習亦都保證了遺忘，保證了這一秒所複述的記憶和未複述的那些㊹……

母親說，每生過一次病，那種病就再也不會復發了。

這叫做「免疫」。

母親再次端坐在房內，讓他敲門入內。他這次是一個高中生，因為使用了太久的滑鼠，所以罹患了隧道腕關節症。

> 手腕向下彎曲到三十度時劇痛。
> 可以伸長五指，但無法用力。
> 你十分困擾於無法握筆、打字。

母親醫生拗著他的手。母親醫生和一般醫生不一樣的是，一般醫生不知道答案。她刻意將手腕左彎、上彎，直到最後才下彎二十度。再往下。

他再次感覺到灰藍色的視線，徐緩而堅定地穿過彈性衣，抵達膚表。

他咬牙準備忍受疼痛。

再往下，三十度。

他用力甩掉母親醫生的手，眼淚與尖叫一起迸出：「醫生，痛！」

㊹「我的朋友，關於祕密，我寧願錄音的磁軌更勝密碼的文字。」（C，二〇〇七）

母親醫生鎮定地說，啊，你最近是不是很常用右手？

「沒、沒有……」

她側頭，沒有？頓了一下：應該是關節發炎了。

他聽到自己很驚慌的聲音說：「醫生，我下禮拜要期中考，能寫字嗎？……」

母親醫生抬頭看他。兩人相視，他感覺到自己前所未有的強壯，至少有一個地方的傷病已全然地「免疫」了。

她說：「我們今天就練習到這裡。」

你會好好的。健健康康，就像我一樣。

那天夜裡，他蜷窩在自己的房間裡，看著佈滿瘢痕和肉芽的雙手。他伸手拉開窗戶，這是十歲以來第一次這麼做。他閉上眼，因為眼睛仍然脆弱得禁不起任何顏色、任何視線。微微感覺有風，微涼微濕。他讓自己的手像新生的植物枝幹望窗外生長，極慢極慢地越過窗櫺，終於推了出去。他感覺到無數的能量衝擊著皮膚，可是他完全不覺得痛了。作為一個標準病人，他第一個學會生病的部位，是腕部和手掌。

次日，她發現兒子的彈性衣少掉了腕部以下的部位。她在垃圾桶裡找到被剪碎的肉色合成布料。

七年多來，兒子早就不用繼續穿著它了。

但是只要脫掉它，兒子便會像是著了火那樣在地上翻滾。十歲之後，他酷嗜冰涼的飲料，每晚都像取暖般捧著它，直至冰消溶解。

她加快練習的進度。每天，她一早就到醫院去，或者扮演標準病人，或者幫忙訓練新的標準病人。她幾乎不帶兒子去。如果離家最近的醫院沒有工作，她就託認識的醫院義工幫忙打聽哪裡缺人。像她這樣有經驗、穩定性高的非常受歡迎。而不管去哪家醫院，她一定帶著兩份快餐一份飲料，以及新的標準病人提示單回家。晚餐之後，兒子便揀一張提示單熟讀，敲門入內。

她扮演標準醫生，會犯錯、會無禮。但這並沒有關係，彈性衣越來越像一塊斑駁發癢的痂，從邊緣開始剝落痊癒。她想也許有那麼一天，兒子就能夠自己走上街道，走進醫院裡，坐在那些因為考試而顯得僵硬緊張的醫生面前。

她愉悅地幻想著，走進了醫院的純白長廊。

今天的她是一個患有最近大流行的感冒的上班族，有輕微的咳嗽、頭痛、肌肉僵硬、喪失食慾。她熟練地在腦中排演了所有情況，和所有人一起等待上場前的健康檢查。結果向來沒有拒絕她的年老醫師困惑地看著溫度計，說：「妳發燒了？」她突然有點恍惚，剛才已然吸收的整套劇本似乎混淆了她的感官。她點了點頭，又不確定地搖了搖頭。年老醫師加重語氣：「妳發燒了。」接著問她是否有咳嗽、頭痛、肌肉僵硬、喪失食慾的情況。她還是恍惚地點頭，又搖頭，表現得完全不像一個有經驗的標準病人。她看著另外一位年老醫師進來，兩人祕密地討論些什麼，竟然真的開始覺得頭痛欲裂。

然後他就沒有再見過母親了。

坐在茔觀裡的軟墊上，他被迫努力地回想㊺。他試圖把某些記憶附著在身旁可及的事物上，比如盤腿底下的觸感讓他想起醫院的診療室，因為他也曾用同樣的姿勢坐在那些椅子上。他微微睜眼偷瞄身旁穿著桃紅花布衫的中年女子，想著那就是罹患了腹膜炎的母親。而再前方一點是他，那個顱內出血又試圖隱瞞病情的少年。他們不是母子，但也許一樣健康。他常常會不小心忘記此刻並沒有穿在身上的彈性衣，幸好紋滿全身的肉芽始終都在，他還能及時從遺忘的邊緣把它搶救回來，一步一步回憶它因為自己的標準病人練習而被剪下褪去的過程。先是手，然後是頭頂到眉線，先跳到腰才回到背……他發現這樣的回憶很有益處，因為身體的每一部分都是確鑿的，因而與之連結的資訊就牢不可破，絲毫不受茔觀裡面失憶的浪潮所沖刷。這所寺觀之內，除了人以外，沒有任何可辨識的畫面，是一間巨大的空白之屋，而且是活生生的、不斷掠食的空白。

然而他可以牢記的：因為關於生病的所有練習，大多和母親有關。

母親首先是從腳步聲開始消失的，然後一點一點延長未歸的時間。他打開房間的窗子，把頭、手伸出去窺視街道，焦急得沒有餘裕慶祝自己如此健康。成千上萬種顏色的視線向他投擲而來，他耐心一一分辨，卻找不到灰藍色的那種。夜色慢慢濃重，曾經有一段時間空氣中游離的顏色多到他幾乎以為自己又被灼傷了，驚恐地抽回自己的手查看。然而那只是他平常不曾看過的夜景，城市裡的人們點起了各式各樣的光。平常的這個時候他正在背誦提示單，在自己的身上醞釀一種自己沒有的病，好獲得生病的免疫力。他想像今天母親應該在醫院裡生一種很複雜的病，這種病讓她喉嚨痛得不能說話，必須要用寫字和比手畫腳的方式來溝通。但很不巧的，提示單要求母親扮演一位右手被車床壓斷的女工，她不能用慣用手寫字，又識字不多……

㊺「我不只一次問過自己：我如何證明垩觀的存在？或者，如何使它取信於聽說這個故事的人？我的朋友，這問題或許同是你一直寬容地沒向我逼問的：我怎麼能憑著一些夢去尋找我的母親？如果每一次進入的垩觀／夢都不相同，每一次的細節都不知道是不是上一次的細節……我們能寄望於一疊連續翻過的冊頁有多少？你怎麼知道它們在下一頁還會留在因果鍊裡面？然而答案只能也必須是：它在。紅柱、金簷、內裡與背後的垩地同樣空白。」

（C，二〇〇七）

隨著時間過去，母親所扮演的標準病人徵象就愈加繁複。他設法編造出新的細節來拖延母親消失的時間，每一個需要五分鐘來表現的細節，他就在內心裡乘上十，或者十二，總之有幾位醫生接受考試就有多少。每當他發明一個新的細節，就能夠安心地睡上一陣子，然後猛然醒來，全身灼熱猶如十歲那年的火場，但他遠遠不只十歲了，所以灼熱也就瞬間退開膚表。他很快地想出新的病徵來解釋母親的不在，有些病徵甚至會塗改掉舊的。比如在他第四次醒過來，他決定母親的手不是被車床壓斷的，而是手指被罐頭機器碾碎，兩手皆是，所以她只能用牙齒咬著筆桿寫字給醫生。更新的幾個版本裡，他游移著要不要讓母親乾脆不識字，或者讓她必須昏倒在診療室，醫生要先將她急救醒來，才能繼續考試……最後，他靈感枯竭，索性翻出一整疊的提示單，上面的第一行字總是「你有十五分鐘的時間詢問病史」，他不知道「你」指的是誰——他從來沒有詢問過病史，他只負責回答哪裡痛、什麼時候開始痛。他跳過那些無關宏旨的數據細節，重新閱讀各種病徵，試著在腦中組合出母親的提示單。

天亮了。

他用完了所有已知的病。

城市裡的顏色又漸漸地多了起來，但沒有灰藍色的視線。

就在某一個瞬間，他才找到滿意的解釋。他想，這一次，母親生的病應該是「死亡」。他閉上眼睛，看著母親走入診療室，和醫生稍微談話之後，突然頹倒，暴斃了。醫生無助地面對歪歪倚在桌邊的母親，不知道這是不是考試的一部分，但沒有人進來終止，他也只好繼續處理下去。醫生試圖用一些金屬工具喚醒她，可是她分毫不動，因為母親很清楚，標準病人是不能在問診過程中突然痊癒過來的，一旦開始生病，就真的必須生病了，於是一醫一病，僵持不下……

於是，他換上自己看起來最堅固的衣服，並且收拾了一個背包的物品，十歲以來第一次，自己走上街頭。

母親說過，作為一個病人，最重要的事情是每次都要一模一樣。

沒有母親牽引著他，城市裡的每一條路都一樣。他沿著某一條路往前走，走累了就問路人最近的醫院在哪裡。路人們的眼光各有不同的顏色，但他身上只覆蓋著很少的彈性衣了，大部分地方早就不再刺痛。他走進的第一家醫院是一座米黃色的方形大樓，內裡亦是讓人安心的純白色。他向義工櫃台表明他是標準病人，想問問這裡有沒有工作。義工領他去見了幾位並不年老，但看來十分資深的醫師，醫師們有些遲疑地掃視著他，然後互相對望。

「不好意思，先生，我們不曾用過……」醫師職業性地頓了一下，「我們擔心您身上的舊傷會影響學生的判斷。」

他開始劇烈地咳嗽。

醫師們脫口而出：「您哪裡不舒服？」旋即微笑：「您還是先保重自己的身體吧，標準病人是不能……」

他立刻停止咳嗽，開始打噴嚏。然後站起身來，像一個頭暈的人那樣蹎蹎趺趺地走路。幾分鐘之內，他表現了各種不同等級的痛，強度從一到十，幾近真實的表情、汗水、眼淚與呻吟。幾位醫師想要往下詢問或說話時，他便會恢復成一個正常人，搖著手制止，接著展開下一個動作。

他們僱用了他。時薪大約三百五十元，有的醫院會多一些，有的會少一些。領了薪水之後，他會到外面的街上買兩份快餐和一杯冰沙，唯一和從前不同的是，他再也沒有回家過了。他不知道母親「死」在哪家醫院裡，所以打算就這麼找下去，反正死是一種要生很久的病。當他坐在色調單純陳舊的旅館房間用餐時，他會把第二份快餐放在身側，默默背誦今天讀到的提示單，就像是母親帶著他生各種病的夜晚。吃完東西他就捧著水果冰沙，不一定喝下去但一定等到冰涼消逝。有時候他會想起母親第一次帶他去醫院，猛撞進來、喘著氣連一個字都說不清楚的樣子。他想母親生病的樣子真專業，那七次闖進診療室從來沒有偷瞄過他一眼，安安穩穩地說：「我和我男友來的。」就算現在他找到死掉了的母親，她也能忍耐著不睜開眼睛吧。他把空的便當和滿的便當盒疊在一起，與溫下來的飲料罐一起丟進垃圾桶。他蹲下身與床緣同高，對著並不存在的母親耳際輕聲說：「我已經完全好起來囉。」

母親沉重的屍身似乎有點激動，輕輕地搖動，他連忙阻止：「不，不要起來。」

「是妳告訴我的——只要死過一次，你也能夠『免疫』㊻了。」

（那句他僅記得的經文：無無明亦無無明盡乃至無老死亦無老死盡……）

他漸漸地在醫院之間打響了名號。嚴厲的醫學院教授們最初在面試他這麼一個全身嚴重燒傷的帶疤病人時總是面有難色，但很快地也因此發現了他在表演專業之外，獨一無二的價值。他們安排他穿著輕薄的短袖短褲，肢體僵硬地走入診療室，走入受試醫生驚嚇的眼光之中，生一些尋常的病。那些經驗不若醫師豐富的醫生們或者強作鎮定，機械地照

㊻「母親，如果壑觀是尋找妳的終站，那我想，最接近的一種結局應是：我就這麼忘了要尋找妳。」（C，二〇〇七）

著標準程序一一問診，或者嚇得語無倫次，頻頻偷看藏在隱密處的小抄。在一些需要觸診的場合，他們無法迴避瘢痕和肉芽，只好用一種輕如羽毛的動作接觸，一邊問：「這樣會不會痛？」他敬業地隱藏了自己的嘲笑，他們不知道他此刻正是前所未有的健康、強大。他仍然隨身攜帶彈性衣的部分碎片，不過已經不再穿戴了，帶著它們只是一種預防萬一的、安定自己的動作。

醫師們都對他說：如果沒有你，我們還真不知道要怎麼考試。有的時候還會有人補一句：是啊，像你這樣的病人……很少見。這樣的人會使醫師們沉默下來，有些尷尬的顏色游離出來，輕輕地在他的膚表逸散。

「沒關係，」他合宜地學習母親：「能幫醫學生考試，是我的榮幸。」

他在每個地方的醫院待幾天，沒事的時候就坐在有冷氣的醫院大廳裡打盹，等待臨時的召喚，直到確定母親不在這裡為止。他也不知道為什麼要找母親，不過反正沒有更重要的事情得去做，或者只是想讓她看看自己健康的樣子吧。他有時走路離開，有時坐車，反正錢花完了，他就問路上的人：「附近有沒有醫院？」他覺得路人們越來越眼熟，男子都像是他病過的角色，而女子都像是母親㊼。他一眼就能夠看出有些人正生著他生過的病，因為那些小動作和提示單裡面的一模一樣，就像排練了幾百次的他。他到過大都市的綜合醫院，也到過比較小型的地區醫院，它們的外牆各有不同的樣式，但進去都是純白色的內裡。雖然他已經不會因為顏色和視線而灼痛，但仍能感覺它們。而在醫院裡，一片純白，最接近一種什麼顏色都沒有的狀態。

最後他到了一個同時靠山、也靠海的地方。

在狹長的平原中央，醫院鐵灰色的方形建築幾乎是附近最高的大樓。

他走進去，生一些常見的病。

幾天之後，一位資深醫師悄悄把他拉到一旁：「我們想請您幫一個忙。」

他點點頭，但是被醫師止住：「您先別急著答應，這個請求很冒昧，您隨時可以拒絕。我們——我們希望您扮演重度燒傷者的癒後回診，這是我們擬的提示單，您可以先過目再決定……」

「我們曾經用一般的標準病人進行過這樣的考試，但是，您知道的，在視覺和觸覺

㊼「有一段時間，妳告訴孩子的我，『她』，或者『她』才是我的母親。直到妳離開，我才敢確定妳真的是在說謊。因為『離開我』甚至不可能出現在她們的心裡，成為一個選項。」（C，二〇〇七）

上總有些微妙處，這個，沒有辦法複製……」

他記得他說好。

坐在埡觀唯一的廳堂裡，就是身在整座建築物的核心，四周佈滿了信眾們居住的房間。有一些信眾不住在這裡，往來家中與寺觀參與大家的冥想，但有的忘了再回來，有的忘了離開，最終就剩下全部這些人了。在這裡，時間也是最容易被忘卻的東西之一，因為沒有任何能夠標明刻度的工具可以持久，所有的人為標記總要倚賴記憶才能準確閱讀，於是和記憶一樣脆弱，它們會被活生生的埡觀吞食殆盡。

他以前在醫院裡聽幾個病人提起過這地方，他們都曾經在埡觀裡面待上一段時日。他們說，就是什麼都忘記了，只是隱隱約約知道自己還活著，隱隱約約覺得是不是活著也沒有那麼重要。這些自稱「逃出來」的人們說，只要強迫自己記住一件事，就有機會逃出來。

「但是啊，」他們說，無限懷念地。

但是後面就沒有了，像是沒有逃出來的記憶。

他複習所有過往的事情，一件一件安置在簷柱、橫樑或者軟墊上，像在衣架上面掛著衣服。但有的時候，他也不太確定究竟是在複習還是預習。比如他總是再三回憶起十歲那年，母親用毯子劇烈拍打他著火的身體，可是他不記得自己以前是否記得這件事了。

　　聖觀裡的信眾皆閉眼，或至少垂目，從不看向彼此，也許有些人早就忘了旁邊還有人坐著。

　　於是他開始利用這些安靜的人，默默編造一疊寫在聖觀大殿上的病歷表。他在每一個人的身上辨認出社會特徵，強硬或柔弱的肌肉，粗糙或光滑的皮膚，平整或多皺褶的臉。他由那些特徵想起曾扮演過的病徵，然後把那些病派給他們，於是就記住了自己的某一次表演，以及表演動用到的身體部位。以及母親。

　　不知道過了幾天，這一次的複習才大功告成。但他總覺得，還少了一件。

　　他低頭看到自己的手。

　　那雙手曾經像新生植物那樣，把紋滿肉芽的形體伸出窗外。

　　而只有這具身體，才能記住最後一次扮演：

　　標準病人進入房間。他穿著輕便的短袖衣褲，頭頸、手臂和腿部裸露處有嚴重燒傷的痕跡。傷口俱已結痂，開立相關藥物……

標準病人進入房間。他穿著輕便的短袖衣褲，頭頸、手臂和腿部裸露處有嚴重燒傷的痕跡。病人要求止癢、止痛藥物，開立外敷……

標準病人進入房間。他穿著輕便的短袖衣褲，頭頸、手臂和腿部裸露處有嚴重燒傷的痕跡。病人宣稱傷口俱已結痂，但在診視過程中迅速迸裂、並且滲出大量分泌物。標準病人並無呻吟呼痛，但觀其言語，齒列緊併，肩頸肌肉不正常收縮，顯然處於忍耐疼痛的狀態……

他從診療室裡面落荒逃出，感覺到各種顏色又向他撞擊而來，紛紛在創口上炸裂。（彈性衣呢？）無數細小的爆炸在他的身上發生，就像他從來沒有免疫過那樣。他踉蹌衝出醫院，痛得在沿路留下幾乎可循的汗跡。他不明白怎麼了。這只是一次標準病人的工作，沒有任何化妝他就演他自己，演還沒完全痊癒的自己，而現在他應當是一個健康的人才對。他無法忍受不斷擊打在身上的能量，狂亂之中也許不住大吼：「看什麼！」他沒有對應任何人的眼光但那些都痛。都痛。

（我需要一個什麼都沒有的地方㊽——）

於是他進來了，但忘了出口在什麼地方。

他不確定自己是不是還有力氣再踏出去，這畢竟是個那麼令人安心的地方，遠勝於醫院，也許還勝於他蝸居許多年的房間。

只是有些可惜，這裡沒有窗，能夠伸出手去試試。

這最後一件，也終於想起來了。

在這什麼都曾經、或即將遺忘的地方，至少他還逆勢想起一件事。他還想起了「痛」，當他心底發出這個音的時候，就算不清楚那到底是什麼樣的字，也馬上能想起，不同的顏色在身上炸開的感覺。

就在今夜，他不知道第幾天坐在軟墊上，知道自己準備睡去。就在睡之前，他很短暫地想起了母親的「死」，那再也不會活過來的母親。

㊽「那是一個黃昏，夕陽斜著從海上打在堊地上。我第一次注意到這樣的奇景。一片插在土地上的小山脈幾乎成了一面有皺褶的反射鏡，把紅金色的光輝聚攏在堊觀上面。原來這就是建觀者的用心。一則早就寫好的結局——好的故事都不如此？是由一切合理環節通向的悲劇。那些光就像是從堊土溝壑裡淌下的流質火焰。一定是這樣的，母親，妳和他們，來到這個燋燎之點，每日每日焚燃所有記憶。我相信，堊觀最後必定、從來、一直，都將和火焰相始終的。」（C，二〇〇七）

母親，是妳說的，那句倒反過來依然真實的話：
只要活過一次，你也能夠『免疫』了。

下卷

說話課

我和小宇對坐在一個小小的房間裡，灰白色修了圓角的金屬桌面上什麼也沒有。小宇看看我，又趕緊縮回眼神，彷彿只是累了那樣把身體倚在桌旁。現在是星期二的傍晚，小宇剛剛上完我的作文課，照例一個字都沒有寫。今天的題目是〈最難忘的一件禮物〉，我要學生們帶一件自己收過最棒的禮物來，如果原本的東西遺失，圖片也可以。我並不驚訝小宇空著手來上課，從認識的第一秒起他給我的印象就是空空的，像是一本簇新的筆記本或陳舊得脫落了所有頁面的書。

「所以到底是哪一種呢？」

問這話的時候，我的朋友C也和我對坐，中間隔著兩杯咖啡，四周響著我無法辨認的古典音樂。

「新的，還是舊的？」

我楞了一下。

我說這只是一個順口提起的比喻，我也不知道該怎麼說比較對。

C點了點頭，要我安排一個安靜的小房間，他會在下週二傍晚來和小宇碰面。在這之前與之後，我詢問過小宇的導師，也曾經和來接小宇回家的媽媽談過。導師提到他是個轉學生，才在此地就讀一學期，認為他雖然成績不好，但沒有任何問題：「他在班上安安靜靜的，很乖。」媽媽則是個精明銳利的中年婦女，一聽我提起他在語言表達上的問題，臉色迅即一變，低頭喝斥：「你是不是又偷懶不寫功課了？」小宇團起他的圓臉望向媽媽，卻沒有一般孩子被責罵時的情緒反應，沒有害怕，沒有委屈，也沒有抵抗，只是空空地望著，好像知道媽媽在跟他說話，就是他唯一能有的反應。媽媽夾手把小宇拉到身後，轉對我用那種中年婦女擅有的客氣聲腔：「老師，不好意思啊，他就是懶，最近家裡又忙，人比較沒精神一點。」我知道有哪裡不對，也知道沒有辦法多問到些什麼，只好伸手過去摸摸小宇的頭，然後道別。

C是我大學時候的對門鄰居，某年公寓裡面白蟻橫行，我和他被房東分在一組清理蟻屍，隨口搭訕，我說我學文學的，他笑說：「那我們可以算是同行！」那晚上我邊用畚斗鏟蟻屍，邊猜了十幾個系所，從國文老師到新聞記者，全錯。大學那幾年，在那幢公寓裡發生了許多事。有的事情從遠方傳過來，有的事情卻是從極近處生長出來。總之，我遺失了很長的一段時間，毫無記憶，毫無記錄。在我重新學會說話之後，C問我記得多少，我很吃力地咬著字：「記得什麼？」他笑笑說沒關係，那就這樣吧。生活依然無縫接軌，據C說，離家賃居的我整整一暑假沒有開口說話，但應當沒有什麼永久性的傷害。

C說，沒關係，至少你絕對不會忘記我的職業了。

如果你哪天又忘了怎麼說話……

我也曾懷疑過C後來告訴我的，關於那兩個月間發生的事。畢竟我只像是一覺醒來，就被告知了這些事情。但我最後的日記、電腦書寫紀錄就停留在兩個月前，日曆卻正指向即將開學的九月。我打了通電話回家，母親問我旅行怎麼樣，我只能含糊說還不錯。這的確沒有什麼關係，大學生活的後半以致畢業平平順順。只是有的時候，確實有一些夢影一般的印象在腦子裡游轉，C拿著一些不知名的道具坐在我面前，很慢很慢地移動它們……

小宇把左邊臉頰印在桌面上，用力挪動臉部的肌肉，同時運轉眼睛。C這時候走進來，以一種明確的笑容拉椅子坐下。

「我是朱老師的好朋友，你可以叫我大哥。」

小宇的臉頰繼續搓擦了兩秒，才想起什麼似的坐直起來，看著C。

C只稍稍瞄他一眼，自顧自從提袋拿出一些東西。好一陣子，小宇的注意力明顯被那些東西吸引，除了眼神追蹤以外的動作都停了下來。C也不多說話，一手翻開記事本，轉著筆，偶爾看看他，偶爾在本子上寫些東西。小宇的眼睛跟著旋轉的筆桿，身體也輕微地晃動著。終於，他伸出手要抓筆。C格開他的手，指指自己：「要叫：大哥。」

他很認真，很用力地把字吐出來：「大。哥。」

C點點頭，笑著把筆遞給他。

十幾分鐘內，我在一旁看C用幾種不同的道具和方法，讓小宇說了六七個單詞。每一個詞都至少練習兩次以上，確定小宇知道說出那個詞會有什麼效果。他知道C是「大哥」，「糖果」是藍色包裝的小圓球，但必須要說「吃」才可以打開。我觀察他們一步步形成某種契約一般的東西，像是訓練小獸特技。C一邊試探小宇的語言能力，一邊建立信任感。我想像在四、五年前的暑假，也許就在我房間裡唯一的那張書桌上，C把電腦、書籍全部移開，只剩下我們兩個對坐。那時的我也是這樣空空的，然後C在我對面展開明確的笑容。他說——

「再見囉。」

小宇有些困惑地看著C，手裡捏著含過一陣的糖果。

「來，說：再、見。」

「再。見。」

這幾個音發出來之後，C牽起小宇的手，把他一路領到媽媽身旁。

之後幾次，C都以這個單詞作結。

我是在作文班上完第四週時，才覺得必須找C來看看。大學畢業幾年，我沒有正職，四處接一些零碎的文字工作，最主要的收入就是這類作文班了。我擬了十二堂課一期的小班，印了傳單就在社區附近的學校發。小宇這個班是最近的一個。第一次上課的時候，兩個小女生被媽媽帶進來，忿忿紅眼坐在教室最後面。我沒有特別去照顧她們，繼續帶活動，播放準備好的動畫片。中堂下課，其中一位跑到教室外面，腳步聲毫不停歇地咚咚跺出去再跺回來，站在門口對著同伴大喊：「我就知道她又走掉了，每、次、都、這、樣！」我這才第一次注意到小宇。當所有人或者偷笑，或者被音量嚇到，或者假裝無事地玩著粉筆的時候，就坐在門旁，處於巨大音量中心的小宇，無聊地在桌面上搓擦他的左臉頰，彷彿那些聲音不存在。

我稍微安撫了兩個女生，然後繼續下一堂課。我安排了一個描述自己外表的寫作練習，每一個人只要交卷讓我看過，就可以下課離開。最後剩下小宇，他捏著筆，桌上攤著皺皺的紙，上面只有幾條淺淺的線。我問他怎麼沒有寫，他低著頭，好一會兒才仰起圓臉看我。我沒有說話，用注視來表達我正在等待答案。許久，他才有點費力地說：「忘。記。了。」

我一直要到很後來才知道，「忘記了」並不是指他真的忘了什麼。

當人們要求小宇做任何一件他無法理解的事，他會用力點頭、用力微笑，然後一片空白地說：「忘記了。」

比如第二週，包括哭鬧的兩個女生在內，其他學生已經進入下一個主題，我要求他們對著教室四周能夠找到的任何物體「寫生」。但小宇答應我要補交的作業並沒有完成。於是我請他繼續上一週的內容，開始描寫自己。這一次我沒有把他放到最後，而是過十分鐘就回到他身邊。這十分鐘之內，他沒有起身走動、沒有和任何人說話，也沒有像其他孩子一樣玩橡皮擦、撕紙。他只是坐在那邊，盯著稿紙，畫幾條清淡的線，一個字都沒有寫下來。我蹲下來，讓自己的眼光和他平視：「怎麼了？」

「……忘記了。」

「忘記什麼？」我十分困惑。因為我的作業指令只是從身上找尋十個部位，各對它們講一句話。這中間能夠忘記什麼呢？

於是我讓他把筆放下，緩慢地複述作業說明。他用力點頭，微笑。我問：「這樣，知道要寫什麼了嗎？」

他遲疑了一下，最後還是點頭微笑。

遲疑就是沒有理解，或者另有難處。幾年來我接觸過的孩子已有幾百人了，對他們微小動作的涵義了然於心。這時我已經判斷他智力發展應該比一般孩子慢一些，所以決定把指令分解得更細小。我請他坐直，然後我指著他的頭髮，問：「這是什麼？」小宇努力想抬眼看向我指的方向，但他當然沒有辦法看到自己的短髮。我心裡暗暗不安，忙再指著他的手臂：「換一個。那這個呢？」他端詳很久，然後轉對我投出求救的眼神，但我知道耐心等待才能迫使孩子自己解決問題。在一段長得不合情理的時間之後，他說：「忘。記。了。」

不需要C的專業判斷，我就知道這不是一個十歲男孩該有的詞彙量。我翻出大學時的通訊錄，聯絡了幾年沒有消息的C，跟他說我手上有一個語言能力很低落的學生，似乎沒有辦法應付一般的日常對話。

「你為什麼不直接告訴家長，或者就近送醫院？」

C在電話那一端，用全然合理的反問回應我。也許是幾年沒見，兩人的關係已經被距離拉得極端淡薄了，我聽來竟覺得有點刺耳。於是我用平板的語氣描述了小宇的媽媽，那樣的婦人有著極傳統的信念，不可能接受自己的小孩需要治療。我說我希望你能來看看，幫我判斷這是不是一個普通作文老師應該協助的範圍，如果真的有嚴重殘疾，大不了我不收這個學生。「不會勞煩你治療。」我說。一下子意外一大篇話，說完之後竟然感到有點喘，心裡有些異樣，隱隱感到剛剛那些其實全不是理由，但也說不上有什麼真正的理由。C的話音沉靜好一陣，在那期間似乎想起一些我也想起的事，才沉沉說：「如果是跟你一樣的情況，我願意治療。」

送走小宇之後，C才收起笑。

他的手交握起來，遮住下半邊臉，彷彿印象中那種以說話為業的人。

「所以是新的，還是舊的？」我問。

他嘴角揚了一下：「好吧，我下週會再來。」

我們到附近的小店晚餐，稍微互相交代了這幾年的狀況。我和他說，我偶爾會想起他，想起他跟我說：「如果你哪天又忘了怎麼說話……」C笑笑，說沒什麼，那是他職責所在。他手上現在有幾個case，「人們常常因為一些莫名其妙的原因就不會講話了。」他指著在後邊廚房裡猛力翻著鍋鏟的廚師說：「也許今天晚上，老鼠咬斷了瓦斯管，他明天怎麼樣也打不著火，聲音突然就跟著一起熄掉了。」我挑眉：「喔？」C晃了晃筷子：「你別不相信。最麻煩的是病人送到我那兒的時候，我根本不可能知道是老鼠闖的禍。」

他頓一頓，筷子在空中對著我指了指：

「我倒也想問你：那時候怎麼就突然不會說話了？」

我聳聳肩：「那兩個月是你幫我活的，我怎麼會知道。」

我試著寫作很久了。零零散散，總不成一個樣子。狀況好一點的時候，還可以寫到八千字一萬字，但更多時候動筆不久就凝滯住。寫不動的時候就會想起窄窄的公寓，幻想那消失的兩個月，C是如何坐在我的對面，誘導我說出零碎的單詞。那中間發生了什麼事？這個問題變成一個巨大的陷坑，一旦想起就吞沒所有的話語，就只能不斷地往空白的地方想。我常常覺得不甘心，那兩個月就這樣被活走了，彷彿最值得的事情都在那裡。

C用筷子沾了點湯汁，在桌面上劃了一條油漉漉的線，然後在左邊寫了「1」，右邊是「2」，用一種說明性的語調說：「我們常見的病人有兩種。型1是能思考，但聲帶或者肌肉受損了，沒有辦法發出聲音。型2是身體完好，但不知道為什麼腦子整個空掉了，沒有話說當然就不開口。」

接著他手上用力，橫著刻了兩槓：「但你們兩個，都不是。」

「小宇總是說自己『忘記了』。」

C眼神陷入某種思考之中，直到我們付帳離開，都沒有再多說。分手前我們約定了下次碰面，還得要借那小房間，並且讓小宇提早到房間裡面找他。C說他會回去蒐集一些資料，我忙說不必麻煩，能來就很好了，不管是我或小宇的家長，都沒有準備好要付治療費用吧。C攤攤手，說，既然已經答應了，那就走完一次療程看看吧。

我們在九月微冷的夜市邊上，街燈的光被打亂，看不清楚彼此的臉。最後他告訴我：「私下，我自己稱你們這種案例為『型3』。」

那一週裡，我強迫自己除了工作、進食、睡眠之外，每一分秒都定在電腦前面寫作，彷彿在下週C來訪之前，我必須做好某種準備。頭兩天我就完成了手上的幾個稿約，剩下的時間卻一如往常，沒有什麼進展。我要求自己完全放空，只是任自己不斷地打字下去。寫作的文書程式預設螢幕下方百分之五十是空白頁面，每推進一行它就把成品挪上去一點。然而四五天來，那空白像是在緩慢生長，一點一點將寫好的東西捲下去。我開始想著我現在教的學生，他們是我這段時間裡，唯一和外界的接觸了。父母雖在，但年復一年的日常也就等於不存在。我想那兩個吵鬧的小女生，想一個總是提早交卷但寫得差強人意的男孩，他的身旁永遠跟著兩個較瘦的跟班，有的時候他們之間會吵架，但更多的時候是他們一起在教室後方用美工刀嚇別的女生。然後是小宇。他已經四週沒寫下任何一個字了，相較於其他學生開始拉長的篇幅，這真的不是一個作文老師能夠處理的問題。我想這究竟是在做什麼呢，我為什麼要背著家長自己找一個語言治療師——不知道那天C是怎麼和小宇媽媽介紹自己的？小宇是個肥胖圓白的男孩，如果他能說的話這麼少，加上他的身材，應該過著不斷被人欺負的生活吧。他之所以學會「忘記了」這三個字，也許是因為大部分的情況，這都是一個可以應付過去的答案，有時是真的，有時是說謊。於是他就忘記了手臂，忘記手腕與指甲，忘記肚子和膝蓋。而C說我們都是型3。我和小宇，「都不是。」

於是我知道該問C什麼了。

下一次上課，C提早一個多小時來，我安頓好學生才到隔壁房間。C拿著一個比書本略寬的紅色板子，板子上平行直列了四五條魔鬼粘。在他和小宇之間散著十多枚硬幣大小的圓形塑膠塊，有些寫著上次學會的幾個單詞，有些則是新的。這次C不再要求小宇開口，可以透過這些塑膠塊，如果想要喝水，就把「水」貼在魔鬼粘上。不必發出聲音似乎讓小宇節省了不少心力，半個小時之後，他就熟悉了整套規則。C接著拿出一橫條黑色的魔鬼粘帶子，說：「這是『句子』。」這條黑色的帶子比較粗，可以約略看出分成四節。接下來的一大段時間，C設法讓小宇理解每一節的意義：第一節是主詞、第二節是動詞、第三節是受詞，最後一節平常不用，一旦使用就是問句的意思。在這期間，我幾次回到教室改學生的作業，制止騎在另一人身上的學生，然後一個一個把他們送回家長手上。小宇媽媽還沒有來。C已經教會他用黑色橫帶交談了。

小宇粘上：

我。丟。躲避球。

C說：「真的啊？」

小宇：樓梯。痛。我。

「有受傷嗎？在哪裡？」

我。流血。膝蓋。

很快撕掉換下一句：

我。掉下來。他們。？。

我詫異地在旁邊看著他們一來一往的對話。幾週以來，我還沒有辦法讓小宇講出「忘記了」以外的字眼，但他現在已在利用這些道具說話了。在那個我莫名喪失記憶與語言的夏天，C也是用這些東西讓我重新學會說話的嗎？小宇慢慢地拼湊起他的一天：他早上走路來學校，交了作業，但不知道因為什麼原因被老師罵。他上課，下課，一如往常受了點小傷，說不清楚是誰害的。C和他的交談越來越快，就從背包裡拿出更多的字彙塊，以及第二條黑色橫帶。現在整個桌面上有兩句話在流轉，並且有近百個常見的動詞和學校裡的物件。小宇也玩了開來，不再需要提醒就坐得挺挺的，每拼出一個句子就咧開嘴大笑。不知怎麼地我突然明白過來：這是他失去語言能力之後，第一次和人聊天。

C的問題漸漸蔓延到學校之外。

「是誰幫你穿衣服呢？」

媽媽。衣服。我。

「回家之後，誰跟你玩？」

媽媽。玩。我。

C的笑容收斂了一些，代之以某種分析式的眼神。他問了六七個與居家生活有關的問題，答案的主詞卻永遠是媽媽。我觸觸C，他也點頭表示他注意到了。於是他問：

「那爸爸都在做什麼呢？」

小宇停住了手上的動作，有些困惑地望著我們兩人。C重複：「爸、爸。」小宇猛然甩掉手上的「句子」，一歪身撲在桌子上。我見到他如此激烈彷彿自殘的動作，下意識就是伸手去拉，C卻拉住我。小宇一一拿起桌上的圓片，看一眼又用力扔到地上。十幾次之後，他抓到了「爸爸」和「我」，左手攢緊，右手還是繼續猛力翻找，整個桌面如同翻騰的碎浪，捲起來，低下去，一回神已然全數掃落。他伸手向C，要抓什麼似的，C指著背包：「你要這個？」小宇大力點頭。但C搖頭：「沒有了。」小宇頭搖得更大力，嘴裡冒出今天的第一句話：「大。哥。大。哥。」C把背包拉開來，展示給他看，裡面真的空無一物。小宇氣忿地撼了撼桌子，低下頭拿過橫條，把「爸爸」貼在主詞而「我」貼在受詞，瞪著那空白的第二節。幾秒之後撕下來，「我」貼在主詞而「爸爸」貼在受詞，瞪視良久，又通通拔掉。他搖著頭，第一次在臉面上讓我看出沮喪的樣子。這中間C示意我不要做任何動作，只是等。小宇慢慢坐定，最終連「爸爸」和「我」兩個詞都離手，「句子」上面什麼都沒有了。那圓胖而白皙的臉緩慢地仰起來，又是以往那種空空的微笑，彷彿有點慎重，又彷彿是隨口說出那樣：

「忘記了。」

晚餐在同一家餐廳，一開始我們都沒有多說話，直到各自的餐上了，C才忽然想起似地說：「他學得有點太快了。」

我聳聳肩：「這代表什麼？」

「代表他是舊的，不是新的。」他看了我一眼：「和你一樣。」

「是嗎？」雖然不渴，但我說話同時啜了一口紅茶，如同所有夜市店面免費奉送的一樣，感覺得到是殘敗枝梗大火熬煮，再整塊整塊把糖倒落的飲料。那個問句已經在我心中盤桓了一兩天，有時覺得非問不可，有時又隱隱感到不安或無聊。C問我覺得「忘記了」可能是什麼意思，我把前兩天隨意考慮的一些狀況跟他說了，他點點頭，「從社會功能來說是這樣的。」

「那還有別的什麼嗎？」

C用筷子指指我：「這就要問你囉。」

沉默。

我直視他：「我那時候說的句子是什麼？」

C的家在東部，一個以原住民語彙為名的風景區旁邊。在臨時趕上的長程列車上，C告訴我，他這幾年遇到了六、七個「型3」，他們有一些共同特徵，比如他們都比一般語言障礙的患者容易康復，復健或誘導的進度非常快。但是，當他們完全恢復語言能力之後，就會突然之間忘記失語那段時間遭遇的一切人事物。最重要的是，他們其實都不是功能意義上的完全失語，他們只是忘了怎麼說話，或者突然之間不想說話。最明顯的證據就是，每個患者都能夠清晰地說出一個有意義的短句，比如小宇的「忘記了」。在列車均勻的節奏搖晃下，他的話聲糊成一片，我陷入一種疑睡疑醒的狀態，依稀向他擺了擺手：「反正都來了，就跟你走一趟。」C也就真的沒有繼續解釋，為什麼突然邀我到東部一趟。

你要自己聽聽。要自己看。

他這麼說。

從家裡迎接出來的是C的父親，一位帶著家禽排泄氣味的民宿主人。他健壯的中年身體和說話方式，都讓我感覺到一種既熟悉又陌生的「農家」意象，那種我只讀過寫過，卻很少親炙的所謂「土地氣息」。C和父親稍微交換一些意見，就把我安置到三樓邊間，一個有著巨大落地窗的房間。他在門口看我擺放那幾件行李，把筆記型電腦架好，讓我坐下來書寫的時候可以正面向窗外。我還不知道玻璃的那一面會有什麼，雖然夜已經過了最濃最黑的時候，但隱然流動的光還是什麼也照明不了。我還不知道C要我聽什麼看什麼，不過在這裡我有種安定感，或者可以多住幾天，就當作是小小的旅行。可以的話，寫點東西。我跟他說房間很好，謝謝他。他笑笑約定了明天碰面的時間，關門。

如果我哪天又忘記怎麼說話……

其實，我現在真的記得嗎?……

想著小宇，和我消失的那兩個月，想像其他的「型3」們，我慢慢睡著了。

我醒在落地窗灑進來的陽光裡，一睜眼正好C敲門，他端了粥和小菜進來。我坐起披衣，有些恍惚，好像還不很確定自己身在這麼遙遠的東部。走到窗前，往外望，一種莫名強烈的既視感湧了上來。窗外橫著一條公路，兩側夾著純綠色的稻田，再過去對稱著兩排山脈。但引人注意的是正對著我窗口的那面，那正東方，頂著一顆巨大火球的山稜，山坡直至山腳，全是一片青白色。那是「垩地」，而且是背著陽光的垩地，所以面向我的是那種灰質而青慘，浸泡在影子裡面般的顏色。視線好像要被那片空白吞沒一樣，完全移不開來。我瞪著它，像是要想起什麼，但那應該想起之物卻消失了，不在畫面裡，所以總沒有真正浮出水面，只得繼續搜尋。久了，眼睛產生殘影，有一些小點在山的屏面上移動，彷彿有人正攀登，正滑下。眼光順著下落，到了山腳，交接之處突兀地有著幾塊豐茂的田——

「彷彿有什麼力量在那山腳處畫了一條線，生命在此終止，不得向前。」

我愕然轉頭，望著出聲的C。

「歡迎回來。」

我默默跟著C的背後，穿過一片有朝氣的招呼聲，離開民宿正門，幾條小徑之後又似是轉回同一建築物的不同入口。

有東西不見了

我說了什麼

那時候我在這裡嗎

一連串問題浮起沉落，我沒有開口，但C都知道。我們鑽進一處陰涼的地下室，一整架的錄音帶貼靠在牆邊，房間的深處是一台巨大的播放設備。C帶我進去，隨手一揮：「我把幾個『型3』的資料都錄在這裡面了。」邊說邊把兩卷滿新的帶子收上去，我想也許是小宇。「為什麼要用錄音帶？」C走到桌前，拿起一本應是目錄的卷宗翻找，漫聲答：「不知道。最早只是我身邊剛好有，就在你的房間錄了起來。後來就變得只能用錄音帶了，別的儀器都只能抓到這種聲音。」他隨手按下一個鈕，音響開始流出一種融化的語聲。聽得出來是有誰在裡面說話的，可是不知怎麼地每一個字都不清楚。「連錄音帶要轉拷成別的東西都沒辦法。」

「你們每一個人都好像拒絕記憶一樣。」

他指的是「型3」。

我說：「我沒有。我真的希望想起來。」

C聳聳肩：「為了你的小說嗎？」

「……不知道。」

「很好，這是我們最大的共識。我和你，你和小宇，你們和所有的『型3』。」

他找到了帶子，放進去：「準備好了？」

說完，也沒有等我回答，就逕自按開了錄音帶，一歪身倚在其中一座椅子裡，雙手交併在胸前。

你可以叫我大哥。

……。

來，大　　哥　　。

大。哥。

很好。這個　　是什麼？

……。

不可以伸手抓。要說出它的名字，我才會給你。

……餓。

你是說「餓」嗎？

……餓。

這是「餅」「乾」。來，餅　乾　。

……。

兩個多小時之後，我可以理解為什麼C說小宇學習得很快了。在這兩個小時的錄音帶裡面，C只教會我四個單詞，大多數時候他都必須和「餓」這個字搏鬥。就像是小宇的「忘記了」，遇到任何困難的狀況，我就會聽見錄音機裡經過扭曲、但仍可辨認是我的聲音說出：「餓」。C一卷一卷地置入，其中一卷甚至只有他自己的問話，但從旁邊微小的嘶嘶聲，我猜到可能是昨晚小宇玩過的魔鬼粘遊戲。放了帶子之後，他也不多說什麼，只是繼續蜷在椅子裡，像是就著背景音樂沉思。聲音持續流動，我聽到我開始漸漸說話，最早是單詞，然後是一串詞，慢慢的有了文法和順序。「餓」這個字越來越少見，句子也越來越長，C發問漸漸少了，我開始主動地說一些句子，要求一些不在場的物件。少數時候，當C開口問話，也讓句子變得更模糊、指涉更不特定，甚至隨意說出不符合文法的句子。在最後一卷帶子末尾，C在一陣安靜之中，猛然發問：

「你還記得嗎？」

我很吃力地咬著字：「記得什麼？」

C按掉了錄音帶。

「聽到這裡就好了。你已經痊癒了。」

「為什麼？」

「因為你已經學會說謊和隱瞞了。」C直視我：「就像每一個康復的『型3』一樣。」

我沒有說謊。也沒有隱瞞。

但我定在原地，有股強烈的力量壓著我，讓我說不出口。

我感覺到自己的臉漲紅。我的回答竟也像是心虛：「可是你說過沒關係。」

C沒有答話，緩緩起身，把器材收整好，關掉電源。我不知道該說什麼，此刻的C不像是一個專業的語言治療師，而只是一個沉沉的人。他鎖上地下室，我們回到地面，門口望出去是和早上我看見的同一片山。太陽已經移轉了半圈，此刻正從對面投射金紅色的光，我看見遠方堊質土地的紋路，彷彿一張蒼老得太久的臉，連皺紋都被蝕得模模糊糊。沿著紋路上下，我卻一直覺得自己的視線沒有焦點。C在旁邊無言地看著同一片山。

我脫口而出：「是不是少了什麼？」

「是。」

C不再說下去，沒有繼續對話的意思。

接下來的幾天，除了送三餐到我房間，C完全不再邀我到任何地方去。我不知道能去哪裡，就著自己的電腦，繼續徒勞地寫點東西，然後全數刪除。更多時候，我盯著落地窗外由陰青轉金紅的堊地，想起以前在小說裡讀過的「堊地形」，但那總是有種詭異的異國甚至異星情調。但此刻那線空無一物的山脈，卻像大地不小心顯露出來的真皮一樣，刺眼然而理所當然地在那裡。我開始想像那裡到底少了些什麼，用手指在木質桌面上輕輕畫著。木紋的質地從指腹上升，有種溫潤的回饋感，我閉起眼，同時無比清晰地看見堊地山脈。然後我的手開始在鍵盤上快速起落：

堊地灰質、寸草不生的土壁垂直下切，正與油綠的稻田相接，彷彿有什麼力量在那山腳處畫了一條線，生命在此終止，不得向前。就在那灰綠衝撞的線上，一幢紅柱金簷，既像是寺又像是觀的建築物突兀地立在那兒。……沒有半個文字的寺觀，像一張沒有五官的臉，沒想到不只是五官，裡裡外外這垩觀真是「不立文字」。人們走過方形石版拼地，跨過俗紅門檻和同色門柱，就進到了並不寬敞的主殿。加上兩旁的偏殿，這裡總共祀著三尊神像，然而沒有任何文字提示，完全認不出是什麼神。香爐前邊有人捻香拜伏、有人跪著誦經（只有脣形在動，沒有聲音……）、也有人在整理神桌香燭，但詭異的是，所有人都是靜默無聲的……。

「垩觀。」

我想像那裡應該要有這樣一幢建築物，非寺非觀，附近的人們（比如，C的民宿主人父親）從來不知道裡面有些什麼，只知道有些外地人會來到這裡，很少離開。

是的，在一切交界當衝之處。

人們來這裡，因為遺失了一些東西。像是忘記了怎麼說話的「型3」，像是說著「餓……」的我。

然後他們遺失更多東西，最終一無所有，就再無失去可言。

於是小說就能夠啟動。

我找到C，跟他說我很抱歉，我還是什麼都沒有想起來。C看看我。我說，請你一定要相信我，你為我活過那兩個月，沒有人能代另一人活的，而你做到了，在你面前，我已無祕密可言。我要離開了，繼續去教著我的作文班，試圖把我的小說寫完。歡迎你來看我，我仍然會努力，看能否記得那兩個月發生了什麼事，但我無法保證什麼。而小宇。我說，如果你願意，也可以繼續教他說話。

可是不要逼他想起來，好嗎？

我會讓小宇在我的小說裡活著。活得天賦異稟，有著過人的記憶和反應能力。他或許話說得不多，但每一句話，都勾引著比字面更多的意思。

我會把這些小說寄給你。好嗎？

C回答什麼，我已經不大記得了。總之，我一個人坐車回到了居住的城鎮。幾年以來，社區的家長們都喜歡我開的作文班，有的孩子甚至重複來兩期，迫使我改變一部分的教材。我就這樣餵養著自己，而小宇，在那一期課程剩下的六到七堂裡面，我就把他安置在小房間裡面，給他幾百張詞彙片，以及五條魔鬼粘。他來，拼完五個句子，我再問幾個問題，他以句子回答。這樣就夠了。小宇始終沒有像我一樣重新學會說話，他的進度只停留在C示範給我看過的那個地方，也總是在窮於應付的時候說：「忘記了。」我學會不去問他常常表示自己忘記的那些東西，比如說爸爸，比如說大哥。

忘記了就忘記了；這沒有關係。

C再也沒有來找我過。

小說繼續寫下去。我寫得不快，但總算很少停下來。有的時候，父母會敲我房間的門，問我到底在忙些什麼。我隨便回他們些什麼，他們便會頓一下，然後說：「唉，偶爾也該出去旅行、散散心吧？」我說有啊，上次不是才臨時去了一趟東部嗎？好幾天呢。父親說是嗎？母親就笑著揉揉他，說，「對啊，你自己忘了，他常常到東部去的。」

「大學的時候，就常跑那兒嘛。」

父親恍然：「是嘛，說是找一位作家朋友。怎麼樣，那朋友還好吧？」

我不知道他們在說什麼。

但我說對，很好，上次就是到他家裡去了一遭。

C偶爾會寄信給我，手寫的，說他又遇到了「型3」。另外幾封信裡，他說他仍然想問我，當時我說的那句話到底是什麼？起先他以為是「餓」，但治療過程中，這個信號並不要求食物，甚至拒絕食物。他說沒有一個「型3」病人能夠想起來，「但你真的什麼也不記得了嗎？……」

我回信說，小宇之後，我再也沒有碰過類似的學生了。有一些發展遲緩的孩子，但我已經請家長轉介給附近的醫院。這不是一個作文老師能夠處理的範圍。

至觀的故事繼續生長。

我把它寫成了一棟存在又不存在的建築物，裝載著那個我再也想不起來的暑假。每當我的小說又陷入全然空白的灰泥之中，我便把它召喚出來，寫寫它，讓我的角色進入它或離開它。以空白抵抗空白，這是我所能想到，唯一繼續說話下去的方式了。

C，大學那幾年，在那幢公寓裡發生了許多事。有的事情從遠方傳過來，有的事情卻是從極近處生長出來。

但無論如何，我們都得假裝自己是新的，逃避那舊的，說不下去的故事。

這是我所能想像，最能精確敘述你的方式了。

認得

我第一次知道小瑜，就聽到他們叫她「鬧鬼的」。

說完，他們還壓低十歲上下的嗓子，警告我：大哥哥，你不要理「鬧鬼的」。

什麼意思？你們的意思是說，她是鬼嗎？

孩子們搖搖頭，臉上浮起算數學的艱難表情，然後互相看了一眼。為首的男孩搔了搔頭，認真地再說一次：「就像房子鬧鬼一樣。」我側著頭，還沒說什麼，旁人忙補上：「但她不是鬼。」「對，而且會被傳染！……」

我和這些孩子不是第一次見面了。去年夏天，我抽出一個多月的時間，和幾個朋友一起申請到加路蘭小學服務。我們不是什麼有組織的服務性社團，只是看到網路上招募暑期課業輔導的志工，便當作是到花東遊覽、長住的機會。行前我們還各依專長，設計了一些簡單的課程，我拎去一些繪本、小說充作國語課教材。我們每一個人都是城市的小學畢業的，第一次看見這麼小的學校。校門搭在不知關了什麼家禽的小寮旁邊，一進去是標準規格的操場，場邊也有籃球架，但司令台及其後方的一小排教室就是全部校舍了。看起來操場更像是學校的主體。我們到的時候，還沒找到負責的周老師，就先聽到長長一聲「哇——」，接著二十幾個略黑而精瘦的孩子撲湧到我們身畔：「來了、來了！——」先到者往後呼喚，彷彿某種集結的號角。

說來不好意思，一年之後的現在，他們的名字我多半叫不出口了，雖然每張臉多少還記得的。全校就這麼三十多人，一年過去好像又更少了一些。學期結束前周老師打了個電話給我們，說去年對孩子很有幫助，很歡迎你們再來。我聽著笑了：「不是就打了一個月的球嗎？」周老師的笑聲傳過話筒：「唉，他們就這樣嘛。你們再帶點故事書來，他們愛看，平常沒有的。」去年一個月，我們幾人還幻想要讓他們課業突進，好好為中學打底，想得人家一輩子就看這一個月的樣子。臨到現場，哪個孩子肯坐下來聽你上課。一個唸數學的朋友精心設計了圖卡想教他們四則運算，小明有五顆橘子，再買三顆，要分給四個人，一個人可以拿幾顆？圖卡上橘子錯落有致，還符合「透視法」那樣前大後小，朋友指著圖片，阻止了兩個追問「小明是誰？」的孩子，點了一個外表最乖巧的女生回答。女生認真地看看圖片，脣口微動，說：「一個半！」朋友錯愕：「什麼一個半？」小女生得意：「就是一點五個啊！」「為什麼？」她興匆匆跑上講台，指著圖卡一角：「這顆比較大，所以拿它就只能再拿半顆！」其他自然課實驗、英文課演戲也是如此下場。我們都不是老師，聽到這些也不能說它錯的突梯反應就真不知該怎麼辦。我的國語課還算小有所成的，雖然也是一堂課上不完，不過大多孩子們都把「故事書」翻了又翻。最後我們索性放棄，每日裡就在操場陪他們大玩，籃球棒球足球全由心情，唸物理系的趁機灌輸一下

「四十五度仰角可以讓球飛最遠」也就當作是課了。

周老師倒不介意，他說如果這些孩子願意好好上課，平常早就扎扎實實了：「你們來了也好，幾個大哥哥大姐姐，家長也能放心上工、顧店。」

但今年我們誰也沒空走一趟。研究所考試、畢業、考公職、出國……我們本來是臨時起意，也就各有不回去的理由。負疚對周老師說聲抱歉以外，好像也沒辦法多表示什麼。我本來也該趕出一份專題論文的，只是一場情感暴亂讓所有安排大亂。我想避開她，避開大學裡熟悉的朋友、地景，也不想回家面對一無所知的父母，遂以一種虛矯但必然的姿態決定旅行到一個有著不同天氣的地方。沿花東縱谷南下，我避開那些一起去過的景點，但對沒有去過的景點又提不起興趣，走走停停，不像旅行反倒像是躲避一個散漫的追緝者。最後臨時地決定到加路蘭看看孩子們。

這次進去，我先看到的是小瑜。

我還不知道她的名字。我不認得這張臉。與我記憶中的孩子們比起來，她顯得太蒼白了。蹲在樹影底下的她穿著不合季節的厚重粉紅色外套，外套已因污垢而暗沉，不是那種因玩樂而新附上的髒，讓我想起時間，想起老。她瞇著眼，用石頭在地上刻著字。她很慢很慢地寫了一個「令」，然後在右邊寫了半個「鳥」。

「妳在寫什麼？」我蹲下去，平視她。

她沒有躲開，也沒有更湊近我。像是完全不知道我正在她身旁，或是早就已經知道。

沒有回答，她繼續低頭畫著字。她寫了「豕」，停頓一下，往右邊拉了一橫。我猜她要寫「豬」，但沒有，又是一個「豕」，一組意味不明的詞組。我正想追問是什麼意思。但她還沒寫完，手在兩個豕字的正下方，又寫了一個「火」。

是個「燹」字。

這可不是一個小學生該認得的字。不，這也不是任一個成人必認得的字。

「妳知道這是什麼字嗎？」

她依然沒有回應我。悶著頭繼續畫。那個「燹」字筆劃太多，結構重疊，所以比我剛剛看到的「令」「鳥」大了一倍多。或者她寫的根本是個「鴒」。她換了一片碎磚，桃紅色的粉跡靠在灰字旁。

ㄌㄧㄥˊ

ㄒㄧㄢˇ

「妳好厲害！」我衷心讚嘆。

但她仍然不回話，只蹲著。

周老師很開心我來，派了一個學生去通知大家。我問起校門口的女孩，周老師的神色突然有點下沉，「五年級新轉來的，她叫小瑜。」周老師也不清楚她的來歷，只知道本來就是在這一帶出生，但家人因故搬到外地十幾年了。村裡大人也說不清楚哪個家庭。就在去年秋天，我們離開沒多久，小瑜轉學進來，寄住在一個遠親家裡。周老師登門拜訪幾次，遠親要不是工作繁重，無暇細談，要不就是推託再三，說自己實在不知道，臉面是不願多談的樣子。

「你這一來待多久？」

「還沒有確定的計畫。」

「那，有空多逗她玩玩，或者她會願意跟你說話。」

周老師說「她」沒有「們」。

我想我可以待久一點。也許可以待完整個暑假，超過整個暑假。我有些慶幸去年的計畫沒有和她一同前來。這幾年裡我們是互相絞纏的濕毛線，生活的軌跡有太多分不清你我的水跡。但這裡是乾淨的。

孩子們很快衝進來。

我沒想過要問，但他們主動地說起了「鬧鬼的」。

他們說她會畫符。鬼牽著她的手，在地上畫看得到的符，也在空中畫看不見的符。它們就像電視裡面演的一樣，會發出金色或紅色的光，偷偷黏在人的背後。

鬼會偷偷搖鈴……

半夜的時候，那個誰誰誰，才會夢遊出門，聽著鈴聲的指引，放火燒掉月亮廟。

「月亮廟？」我問。

問話的時候，我盤腿靠著一面牆坐下來。

這是我去年和他們約定的小默契。當我要講故事書的時候，就會這樣坐下來，然後大家要繞著我圍成一圈。過一陣子，我的故事說完了，就換他們說。他們改編我帶來的故事書，把悲傷的故事改成快樂結局，為快樂的故事添上威脅要摧毀一切的壞人，然後再擊敗壞人帶來好結局。於是這個動作就是說故事的意思，無論真實或虛構，也不管是誰要說這個故事。他們知道我想聽，十分興奮，爭著解釋：就是啊、那棟在山邊邊的廟、周老師說那座山就跟月亮一樣、所以叫做月亮廟。

我這才知道他們說的是什麼：「可是，月亮廟去年就燒掉啦？怎麼會跟小瑜有關呢？」

為首的男孩糾正我：「是跟鬧鬼的有關，是鬼，不是小瑜！」

我聳肩揚眉，示意他們說下去。在他們脆嫩的話聲之中，我慢慢回憶起去年發生的事件。就在我們決定放棄正規上課，陪他們玩一夏天之後，某晚村子裡發生了嚴重的火災。起火的地方是一座寺觀，長久以來都沒有名字，也不知道供奉什麼主神，因為它建在一座堊地形山丘腳下，所以村民、遊客乾脆稱之為「堊觀」。這兩個字對這些孩子實在太抽象難解，周老師才會以「月亮廟」帶過去吧。堊觀時常有人來參拜，也有一些修行的信眾住在觀裡，但始終安安靜靜，沒有舉辦什麼慶典。村民寧願到幾間土角厝搭起來的土地公廟上香，也不願意靠近堊觀。他們說那裡陰陰冷冷，警告孩子裡面躲著壞人，不得接近。我們當時聽周老師說起，也只是當一件趣聞聽聽，還互開玩笑說搞不好住著千年狐仙，正等著我們的機緣進去一探。以我們那時瘋瘋癲癲的玩興，搞不好真進去打一夜地舖當試膽大會。總之一夜大火，飛簷紅柱，有三道漆木大門的堊觀全沒了。我半夜被一股既焦且腥的氣味熏醒，猛然坐起，發現幾個朋友已經披衣準備出門，朦朦朧朧互問：「怎麼了？」「起火了？」我們住在校舍裡，一出去就是操場，遠遠一道暗紅煙柱張揚地撐著天空。「誰家？！」不知道是誰的聲音，或者每個人都問了這一句，腦海浮現各自早上一起親暱奔跑的孩子。我們趕到火場，村人已經全到了，堊觀旁邊的農舍有幾個人搶家具物品，過沒五分鐘就延燒過去。消防車還沒到——事實上，那晚消防車一直沒到。加路蘭人對此也只是聳聳肩。——，他們儘可能牽長橡皮水管，拚命地往那團高溫裡送。我告訴自己別去想那股濃重的腥味是什麼，但終究蹲在一旁乾嘔了起來，與煙塵一混，整個視界模糊溼熱。隱隱看到一處停滿板車與擔架，上面輾轉呻吟的人們穿著各式花色的衣服，樣式與色彩都不是這個村子的。堊觀裡面什麼時候來了這麼多外地人？人們忽然發出一聲悶悶的叫喊，我轉頭望向堊觀，在驚叫逃散之中，整座建築物終於失去力量，轟碎如崩倒的巨獸。我不敢想還有多少人在裡面。我也不敢看傷者。不敢上前大喊：「哪裡需要幫忙？」

死亡太近：當時我只想著，我要撥一通電話給她，告訴她，我沒事。

那應是她睡意深濃，聽若未聽，隨意嬌聲幾句便又睡去的時刻吧？特別是，我想當時我什麼也說不清楚。

還是，我根本未曾撥過這通電話？

我當然沒有把孩子們的故事當真。他們還沒有被太多娛樂性的文化產品醃殺了想像力，保守著過於世故的線性敘事法則。他們的故事向來如此，結果可以導致原因，情節的挽接不依賴邏輯而是某種情緒的流向。

鬼搖鈴，然後中了符咒的人們來到月亮廟，點起了燒掉整座山的大火。

火就像淹水一樣往山上蔓延，整座山因而被燒成光禿禿的白色。

到今天，草和樹都沒有長出來，像一塊掉到地上的月亮屑屑。

對我而言，小瑜比月亮廟的傳說更像一個難解的故事。她常常不寫作業，也不跟同學玩，但我去看過她的課桌椅，上面刻滿了各式各樣超越日常用途的難字。我於是完全理解那些關於符咒的說法根源何來。也許是被她的沉默吸引，也許是我把孩子們的流言當作排擠異類的訊號，我急切想找出一個領域，讓小瑜發揮壓倒同儕的能力，結束她在學校裡的邊緣地位。我想起有一種關於認字、寫字的比賽，叫做「字音字形」。第二天，我搭車到最近的市區，查了最近的比賽時間，印了一些網路上的題庫帶回去。回程車上，我默默熟讀這種只在學校裡才有的文藝比賽規則：每份試卷會有一百題的難字，要填上正確的注音；也會有一百題的難音，要寫上正確的字。每份試卷可以做答十分鐘，需以原子筆作答，任何塗改均視同錯誤……

回到加路蘭小學，小瑜依然蹲在樹下畫字。我喚了幾聲，她沒有反應。我乾脆也蹲下來，學她的樣子撿起樹枝，把剛剛瞄到的題目寫在地上：

僕「射」

句「讀」

她的動作停了一下。

終於，她第一次抬頭看了我一眼。

我指指「射」與「讀」：「妳知不知道這兩個字呢？」

「……，」像是花了一點時間理解我的問題：「忘記了。」

但她在說話的同時，手並沒有停下來，桃紅色的磚片在地上擦出碎末。

僕「射」：ㄧㄝˋ

句「讀」：ㄉㄡˋ

「咦，妳回答得很對呀，沒有忘記。」我拍拍她的頭。她抬頭看看我，好像有點疑惑。我領著她進到教室，隨手拿了一張試卷。她似乎發現某種新遊戲一樣，迅速地沉進去。我對她說不要急，慢慢寫。接著我和周老師稍微提了小瑜的事，自願訓練她參加比賽。最近的比賽在九月中，是我大四開學前夕，留到那時候沒有問題。周老師很樂意，他說自己學的是自然科學，完全沒有注意過她的天分，反覆說：「你願意幫忙就太好了、太好了。」

回到教室，小瑜看似維持著相同的姿勢，但趴伏著的桌面上早就沒有試卷了。她又在桌面刻字。「考卷呢？」我問，才說完就看到被推到一旁的紙張。兩百題已經全部填上答案，沒有任何塗改痕跡，我驚異地望著她，她毫無表情地回望。我隨意抽檢幾題，似乎都沒有答錯的，忍不住拿出答案卷批改起來。一字零點五分，滿分一百，任何筆劃的失誤都算是錯誤……我記得曾經玩笑地和朋友試寫過小學的試卷。我，一名中文系的學生，在手忙腳亂的十分鐘裡得到六十多分。

小瑜第一次考試的分數是七十二分。

我再遞一張考卷給她。她立刻投入地寫了起來，這於她真是一種遊戲。這次我暗暗計時，同時眼光跟著她作答的手一點一點前進。她的坐姿有點向右歪斜，這讓她左邊承著窗外光線的臉頰透出微藍的血管。她寫得非常快，速度很穩定，每一個字都用力得像要切開紙面，因此每個字都稜角分明。筆尖剛離開上一個字的末尾，立即就移到下一個字的起首等待，然後一個短促的空檔之後，她穩穩決定了一個方向落筆。如此反覆一陣，第一面的一百題注音已經寫畢。她唰地翻頁時我瞄了碼錶，四分零二秒。我一恍神想是啊，注音無論如何筆劃比較少，而且組合有限，所以配速上要儘早完成。這一思緒轉過她又寫了六七題。大多數題目她都寫得篤定，偶爾遲疑的部分就很乾脆地跳過去。全部結束時才八分五十七秒，這最後一分鐘她端詳空白的幾題，各寫了一個字。十分鐘整，停筆，她抬頭望向空白的講台，彷彿在等待什麼信號。

那是在等待台上老師收卷的指令嗎？

「小瑜，妳以前參加過比賽對不對？」

小瑜皺起眉，像是遇見了真正的難字。好一會兒才說：「忘記了。」

我繼續和孩子們在夏天的高熱裡打球，他們有時會問我這個人、那個人怎麼沒有一起來？我就和他們說：「也許明年他們就會比較不忙了。」我當然是在說謊，但他們才剛剛懂得一點點想念，還不會那麼快理解什麼是真正的分離，當然也就不知道這只是多麼平常的事，就像扔出一顆球。總是會撿起新的球，和舊的也許沒有差別。我繼續這樣想，解釋自己為什麼這麼沒有罪惡感地撒謊，但又暗笑自己果然是療傷走避而來的，與其說是反省不如說是自說自話。

他們的記憶很短，一個問題浮上心頭，總要反覆問個七八次。因為沒記住你的回答，因為沒記住自己已經問過了。

不過也好，這樣他們就不會記得一個問題太久。

那你明年還會來嗎？

還記不記得怎麼丟球最遠？我反問。

用力丟。像這樣。

一個女孩像是要把自己的身體甩出去那樣用力。

我搖頭，要記住喔，是四十五度角。

他們若有所悟地學我的動作，手腕在肩上甩動著，然後反覆問我：大哥哥，是幾度角？

小瑜則專注於字音字形的練習卷。她以一種難以理解的興致不斷地寫。每天早上，我會被吵著要玩的孩子們敲窗喚醒，梳洗出門時，就會看見她已經蹲在校門附近畫字了。我拿著一些卷子走向她，假裝沒有聽到其他孩子發出的：「矮額——」和震顫的吸氣聲。她的身邊永遠沒有同伴，我是唯一願意靠近她的人。她破舊的外套暗得像是有異味，這就讓孩子們多了一個排斥她的理由。在我跑出滿身熱汗的幾個小時後，我會去看看她，她毫無例外地寫完了所有題目。然後我坐下來，一題一題批改。

泥「ㄋㄠˋ」

「身」毒

她把「淖」寫成了「鬧」，把「ㄐㄩㄢ」拼成了「ㄕㄣ」，這是很常見的錯誤。

我問她：「妳知道這是什麼意思嗎？」

她遲疑了好一陣。

然後說：「忘記了。」

我始終不明白「忘記了」是什麼意思。仔細一想，這幾乎是小瑜唯一和我說過的話。也許還有一些「好」、「嗯」之類的虛詞，但她幾乎不曾向我表達過完整的意思。我知道她喜歡寫這個是因為表情，她會穩穩地笑，像是玩一種熟極而流的遊戲。她的分數一直都高，少則七十分，多到八十幾分都有。一開始我把自己的碼錶借給她，因應比賽，要求她一定要邊計時邊寫。久了之後我發現根本多此一舉，她彷彿很清楚「十分鐘」是怎麼一回事，時間一到一定停筆。於是我轉而專心為她講解題目，奇怪的是，她會寫許多深難的字，但是卻連最簡單的字義都不太清楚。

我說，「泥淖」就是一團爛泥巴的意思，溼溼的，所以是「水」部。

她似懂非懂地點了點頭。

下一題是「春風『風』人」，她寫對了。我又問：「這是什麼意思？」她又是遲疑回答：「忘記了。」我說那妳怎麼知道唸法呢？我指著第一個「風」，「這個字怎麼唸？」她輕聲發了個音，筆同時寫下「ㄈㄥ」。所有知道這兩個字唸法不一樣的人，無不記得前者名詞後者動詞，而動詞的發音在古文中有時會以入聲處理。可是她知道正確的答案，卻不曉得答案為什麼正確。這當然可能是不求甚解的死記，但這樣說來她死記的能力也太過驚人了。

我和周老師聊起此事，他也覺得不解。小瑜平常成績並不特別好。以小學的課程設計來說，如果有那麼強的記憶力，應該什麼科目都可以遊刃有餘的。

我說出心底的猜測：「她在轉學來之前，是不是在別處當過選手？」

周老師被勾起了興趣：「我幫你查查之前的學籍資料吧。」

但無可懷疑的，小瑜的認字量在幾週之內繼續急速成長。她很快地做完我在市區裡蒐購的幾種參考書，我只得打電話給一些師範大學的朋友，請他們再寄幾本過來。等待郵件的幾天裡，她寫了好幾張紙條給我。第一張是：

坷旖堺我戻坷白吒

遞紙條給我的她帶著某種快樂的表情，注視著我。我露出驚訝的笑容，一時之間惑亂於這行字。有那麼一瞬間我差點以為自己不識字了。

然後我把它唸出來。她很認真、用力地點頭。

我笑了，把她要的立可白遞給她。

此刻的她就像所有有耐心、學業良好的孩子，靜靜地坐在桌前塗塗寫寫。我想像她以前可能就是這樣的孩子，在那個我們都不曉得在什麼地方的學校裡。中間發生了什麼事，讓她變得這樣不願講話、沒有朋友的呢？

過一會兒，她把東西還給我。我湊近去看。她把整整一本寫完了的參考書塗回空白，整本書因而溼軟彷彿經歷一場腐蝕性的化學雨。

她毫不介意那半乾的惡毒臭味，伏案猛寫起來。

我突然想到，她會不會就是這樣和同學說話的，坷旖堺我戻坷白吒？然後那些天真而不知掩飾的孩子，面對這串陌生得像是有敵意的線條，便直覺地說：

那是符咒，那是鬧鬼的……

大哥哥，你為什麼要一直跟鬧鬼的玩？

我不是在玩，我說：「她要代表學校參加比賽，我們在練習。」

什麼比賽？比賽畫符嗎？

「不是，是認字的比賽。小瑜認得很多很多字。」

可是，大哥哥，跟鬧鬼的一起玩，你也會鬧鬼的。你看你的背後，開始有鬼在跟蹤你了。她不是在寫字，是鬼在畫符。大哥哥，你也會畫符嗎？畫符的時候，鬼會迷住你，牽著你的手，你什麼都不知道，只是一直畫一直畫。然後有一天，符就會燒起來，像是月亮廟那樣。

孩子們圍在我身邊，球也不撿了，悄悄地指著遠處正在寫卷子的小瑜說。

我有些生氣，覺得有必要為她說話。我聲音高起來：「你們怎麼可以這樣講同學呢？」

孩子有點嚇到，明顯縮了一縮。我接著說：「這種沒有證據的事情，怎麼可以亂講？」

沒想到話音一落，孩子們紛紛像炸開的油鍋，「我們有證據！」「我被鬼牽過手！」「我也是！」他們或把自己的袖子捲過肩頭，或者拉褲管、掀上衣，我有點錯愕：

「你們幹嘛？」在亮白的強光之下，他們略帶汗光的深棕色膚表結實而平坦。但仔細注視，那並不是純然一色的。那上面隱隱然有深紫色的線條，彷彿被很細的藤條抽打留下的淤傷。那是一個一個的字。一個男孩的上臂寫著「焚」，另外一個的背上寫著「煽」，還有「燎」、「燿」……每個人身上都有。我問他們為什麼要在身上寫字？為什麼不洗掉？

大哥哥，那不是我們寫的。洗不掉。

你們亂講。

大哥哥，你不信去問鬧鬼的。她都穿著外套，因為她全身都是符。

我們以前都是她的好朋友，可是現在都不敢跟她玩了。

我感到一股複雜的寒意。我竟然開始有點懷疑他們的故事是真的。如果是真的——不，怎麼可能是真的，難不成我真的要去脫下小瑜的外套？我想到她遞紙條給我時的表情。不。但如果是假的，那我要如何面對這簡直是處心積慮、集體共謀的惡意排擠，這群快要和我一起度過第二個夏天的孩子？

但小瑜一無所覺，只是靜靜地寫著。

在新的教材來之前，她就向我借立可白，塗掉舊的，熱衷地寫。新的教材來了之後，我索性把所有東西放在一個木櫃裡，任她依自己的進度拿取。朋友告訴我，之前我讓她練習的教材如果都掌握好，那一般區域的比賽就沒問題了。但如果目標在縣級、全國級的比賽，「我附了幾本中學的比賽試題，熟悉難一點的東西會比較有利。」朋友好心地告訴我幾個原則：比如字音一定要先寫，而且要壓在四分鐘內寫完，這樣才有時間應付筆劃較多的字形部分。字音不要回頭檢查，第一時間不知道答案就猜，反正空下來也不可能突然知道怎麼唸，用偏旁配合詞性去猜機會很大，把多餘的時間留給字形慢慢思考……

我向他道謝。於是在周老師查出結果前，我對小瑜的過往又更確定了些。

周老師再次來找我，劈頭就問：「你還記得去年的火災嗎？」

我說記得，但沒有說是因為孩子們。

「那個時候，小瑜和她的父親都在裡面……。」

周老師找到了小瑜一年以前就讀的學校。就在她四年級的暑假，她的父親親自到校辦理了轉學手續——據對方學校說，他們一直都是單親家庭——，所以就在去年九月來到了這裡。「但是，他們說小瑜是非常聰明的孩子。成績很好，也很有禮貌。」周老師覺得非常訝異，交換一些她轉學之後的情況，對方這才恍然想起，說那個暑假，曾經有醫院的人來拜訪過學校，調閱了小瑜的資料。一路循線，周老師才查到那個暑假父女倆已回到加路蘭了……

去年，讓我深深恐懼的焦腥味，有一部分是她的父親。

她那時候躺在哪一個擔架上？

周老師接著聯絡那個醫院。據說，她在那裡接受過關於語言和記憶的治療，她屬於一種特殊的創傷症候群，還沒有正式的病名。

我不得不另眼看待小瑜，更慶幸自己決定幫她。

然而，在這之後，到學校找我打球的孩子越來越少了。先是一些比較沒那麼活躍的女孩，跟著是常常帶頭的幾個男生。在暑假倒數的某天早晨，我被一種細碎的聲音驚醒。一醒過來就覺得那種細小的聲音彷彿持續很久了。我披衣下床，望出長方形門板上半截的窗戶。窗外無人，但聲音切切繼續。於是我打開門，整個操場終於沒有別的孩子來，只剩下小瑜，她蹲在我的門邊，拿小石頭輕輕在磨石子地上劃著、劃著。

那天之後學校裡就只剩下我和她。

我感到憤怒。我不想原諒那些孩子，並且更堅決要待到小瑜的比賽。我不要去找他們任一人。

偶爾我在村內走動，他們見著我就遠遠避開。

我在心裡大喊你們知道什麼，你們這些小鬼，在那種浩劫般的大火之後，你們知道小瑜失去了什麼嗎？她本來是你們在想像裡也無法成為的漂亮城市女孩。她應該要進最好的女中，順利進入大學，然後在一個百無聊賴的夏天，來到像加路蘭這樣的村子，和一群像你們一樣的小鬼戲耍。你們以為自己是什麼。你們以為她是什麼。

但我當然沒有說出任何一句。只是保持風度地打打招呼，特別是向大人們。但我跟村人沒有深交，也沒兩句話好說。

我和小瑜繼續認字。已經不是我教她了，而是和她一起認，因為中學選手等級的題目我也有好些根本不會。她寫題目的時候我就盯著她的手，跟著一起默唸答案，不知道答案就看她的，這樣下來竟然覺得她認得的字似乎比我還多。訂正的時候，我們把錯過的字抄在黑板上，我晚上去市區用網路查每一個詞的意思，隔天早晨在小石子細碎的聲音中起床，告訴她每一個詞的意思。

她仍然「忘記了」每一個無論艱難還是簡單的字彙。

她只知道它們的樣子；它們看起來以及聽起來的樣子。

然後一天，我們遇到了這題：

「堊」地形：ㄜˋ

這題她寫對了。這不難，因為偏旁的提示太明顯了。所以，我才想確定她是不是因為偏旁才猜出來的，直覺地問：「知道這是什麼意思嗎？」一問出口我才後悔，又何必多問，幾週來全部的字義我都直接解釋，根本無需多此一問。

不料她毫不遲疑地點了點頭。

我說：「真的嗎？那妳說說看？」

她扯住我的衣角往外拉，一臉雀躍。我笑了笑，依著她走出學校，在村裡亂轉。走出主街，左方是一條南北向的公路，公路的那一側是一個海岸風景區，我就是沿著那條公路乘車來到加路蘭的。但我沒注意到的是，就在右方，一整片死白的丘脈斜亙在視線的盡頭。我突然感覺不大對勁，但小瑜猛然跑了起來，我不得不加緊腳步追上去。她粉紅色的外套終於頂不住風，第一次開始飄動起來。

不知道跑了多長的一陣，她才在山腳邊停了下來。

整片的灰白像是被掏空的時間化石。

她喘氣未定，聲音有些尖：「這裡！」

我也喘，努力想笑著回應她，對，妳說對了，這就是堊——但我沒有。因為在一年多以前，這裡就是「月亮廟」，或者說「堊觀」，我不曾在白天來過這裡，但曾在某個夜晚追蹤煙柱與氣味來到這裡。

小瑜認真地再說一次：「這裡。忘記了。這裡。」

不，妳記得什麼，對吧？

但她只是繼續反覆地說：這裡，忘記了。說著又蹲了下來，手爪扒著凝結如硬膠的土塊。有一些碎片落到她掌心，她就開始在地上畫字，寫的好像是「堊」，又好像是第一次見面時的「燚」，但我無法確定，因為一樣硬度和一樣顏色的惡土互相摩擦，是寫不出任何東西的。

然後我聽到一陣陣凌亂的罵聲：

「鬧鬼的！」

「鬧鬼的！」

「鬧鬼的！……」

所有我認得臉面但不大記得名字的孩子們都在那兒，背對著海與翠綠農田的那一端。他們對著我們，像是生命對著死亡，膽怯然而激烈地咒罵著。我呆立在那裡，突然被拋入這詭異的場景裡。他們的眼裡燃燒著恐懼，讓我毫不懷疑他們願意衝過來攻擊我們。

那些我在安全的球戲裡碰撞過的身體，我很清楚他們有什麼能耐。

「鬧鬼的！」

「鬧鬼的！……」

我看到小瑜的拳頭握得死緊，但和他們不一樣，不是害怕的樣子。

我一把抱起小瑜，望外衝去。我感覺到她身上有些粗厲的，屬於人本身的氣味。她沒有掙扎也沒有發出聲音。她好輕。輕得像是一團紙。忙亂中我好像低頭看了看她，應該不只一次，她的外套敞開著，像是一顆剝落了表皮的果實。我好像看到了孩子們說的符，她裸露的上臂好像寫滿了字，匆匆一瞥之下真的好像某種祕密咒文……但我也，忘記了。只記得蒙著頭使勁地跑，有一些石頭一類的東西擊打在我身上，我感覺痛但知道不能停下來查看。我繼續跑，穿過人群，穿過沒有人群的地方，跑過我曾經兩次奔跑過的地方。一次是晚上，一次是白天，只是方向完全逆反過來。在這一條路上我從來沒有好好走過，跑著，跑著，她是那麼地輕……

那一年的秋天，我接到了女友的電話。遠從加路蘭數百公里之外的大城市裡，她在電話裡面泣訴：「讓我們重新開始……」

於是我終究沒有等到小瑜的比賽。

我也是有著日常生活的其中一人。

我不知道小瑜能不能比賽。在那樣的事情之後，她並沒有跟著大家一起開學。

我明白，我明白。

周老師才是會長久留在這裡的人，我明白。

聽說，小瑜之前的語言治療師後來還去過加路蘭一次。周老師在信上告訴我的。他寫了一封信，說對方很驚訝我提議小瑜去參加比賽。事實上，對方認為小瑜能使用基本的日常語言就是極限了。周老師在信裡說，小瑜後來就不再寫字了，事實上他自己也沒看過她寫字，因此，建議那位語言治療師直接來找我討論。小瑜不知道把那些字音字形參考書藏到哪裡去了，不然可以不要這樣麻煩你的，抱歉。

我能懂周老師在抱歉什麼。

就像臨走前，小瑜給我的紙條：

瀯瀯。訥僙我菤瞮纛旎。罷罷說燿妄偈，夥埠奭塌們的措。燿媛踉。

我咎妄偈咯。

今夜星光

將軍從軍旅生涯的中期開始，就養成了在晚餐時分發表工作感想的習慣。以他的職務與地位來說，這未使不顯得有些奇怪。幸好他的聽眾並不多，只有安安靜靜就著弱光組裝聖誕燈泡的妻子一人而已，這大大減低了洩密的可能性。是的，就將軍那一行來說，真正的專業人士不會等到事情說出去了才開始阻止某人洩密，而是在最初就評估能對這個人說多少話，「而這取決了這個人能對別人說多少話。」他的同事老崔最喜歡這樣訓示下屬：「所以不要以為死人安全。你永遠不知道他們還能對誰說。」老崔喜歡看著下屬窘迫於不知該不該認定這是一個笑話的處境，脹紅著臉僵在那裡，成為真正引人發笑的材料。將軍當然評估過很多次了：妻子洩密的對象只能是聖誕燈泡，和串連燈泡的彩色電線。於是，他能放心地談起新聞裡的戲院縱火案，發發牢騷：「這類事兒，不是我們的人幹的，就是我們的人去查的。太平日子，就只剩這點事情好做。」

然而將軍心底其實承認，這樣的太平日子有那麼一點幸福的味道。想想兩個孩子出生的那一陣，他還正巴望著晉升校級，裡邊女人嬰兒，外邊上司關節，處處張著大嘴，舌頭一捲鈔票就全化了。年輕的他身強力壯，一身軍校裡橫練出來的硬骨頭，吃這些苦吭都沒吭一聲。直到兒子失蹤了那陣，他才在自己每日對妻子怨斥、對同事自嘲的習慣之中，發現那真是段苦日子，而且他竟然到十多年後才發現這種苦。他頗為自己的這種遲鈍得意，不像兒子，都念了大學還搞小孩脾氣。他也念過大學的呀。他還念過研究所的！誰想得到家族裡最早拋下書本投軍去的他，日後竟成了學歷最高的——可唸書的時候他從來沒想過這些，只是滿腦子那一個月多出來的幾千塊底薪。將軍算計著：這如果一退休，一輩子起碼多拿個一百多萬。

將軍大半生都缺錢，這件事他一輩子想不透。他雖然還算是謹言慎行，但三節、升降、經手的案子，該他的可是一毛都沒少拿過。憑他情報人員與生俱來的直覺，他知道自己做得恰如其分，再多要不是不行，可是整個基礎就要不太穩固了。和他差不多期數、景況的幾個同事卻總能夜夜歡宴得早早生出病來。老崔就曾忠告他：「拿政府的、拿人的，拿來拿去都是死薪水，你不投資到別處去滾錢，難道你以為錢會白白滾來這裡？」但他心軟。這是將軍小小的污點與甜蜜。起先是女兒，他想也許就只會有此一女，挺著骨架子說什麼也能撐能給。他常常對別人說，「如果早知道還有個兒子……」但將軍靜下心來想過幾回，就算早知道恐怕也難有兩樣。女兒一開始就念半山坳那座貴得要死的小學，妻子提議的時候還怯怯的，他微微哼了一聲，但晚飯後就在文件上簽了字。女兒那身天藍色布巾點綴白襯衫、黑短裙，讓他想起了小時候同學們總偷偷愛慕的班上的公主。他不無得意地想像男孩們追蹤女兒的眼光，這讓他願意時時抽空，起大早送女兒上學。在那陡得像是要把門樓壓倒下來的大門口前面，他打開車門，目送女兒跳下車的可愛身影，耳裡聽得一聲柔脆的：「掰掰！」家裡沒有人這樣洋派地道別的，但他也沒有特別留神。他沒有留神的包括妻子後來幾次怯怯的表情，說要幫女兒添些衣服物品，她要挪一些做燈泡的錢去用。雖然有些貴，但將軍都答應了。他沒問要買些什麼，只是想私立小學難免有一些花銷。直到某日他送女兒，發覺隨著下車蹦跳的節奏，她十歲細嫩的頸上閃過不似膚色的銀白色閃光。當晚他問妻子，同樣的神情她說：「說是、上次國慶日上台表演，要佩上去的首飾。」「哪有這種事，」他望著妻子：「做媽的還沒有，女兒倒闊了起來！」不過兩人很明白這是理所當然的事。漸漸的，女兒往回說的理由越來越不重要，最後多以「我同學……」開頭。他實在是看不出來，一雙那麼小的鞋子何必花上四五千塊，又有什麼非要不可的理由，於是說了女兒幾句。女兒沉著臉好幾天。將軍想也不是那麼大的事情，示好地主動載女兒，到校門附近，停下車，他正尋思該如何委婉地表達歉意時，女兒說：「以後你不要再把車子開進去了啦。」他措手不及：「什麼？」「就是——開到這裡就好。」說完女兒自己開了車門下車。

將軍只好這樣回答老崔：「哪兒的話，我這是投資教育，投資未來。」

「我把那個案子轉給老崔了。」在退休前夕的某一個晚上，他隔著蘿蔔排骨湯的熱氣對妻子說。離家出走的兒子此刻已回到家裡，一貫安安靜靜地吃著飯。幾年以來，只有兩個人的餐桌，不說話也不特別怎麼樣，但多了一個安靜的人，沉默就變得沉甸甸的，迫得他好像非得開口說些什麼。「我實在是不明白，一座破廟燒了，會有什麼了不得的東西值得查。」他停頓了一下，有點不知道是否應該期待回應，他向妻子示意，她為他舀了一匙豆腐。他繼續說：「不過這地方倒真有點古怪，近幾年好些個失蹤、或以為死在外邊的人，都在裡面找到了。」

飯後，妻子坐在客廳，略矮的深黑玻璃長桌左側平行鋪著彩色的電線，右側則是依照顏色分落著燈泡。每一條線要佩上六個燈泡，每個顏色都不能相同，成品剛好如同彩虹般形成七色。將軍時常想，她經手的幾千、或幾萬條線一定有哪次弄錯了，但他在旁邊看了好幾次，卻從未親眼見到。這種在暗暗之中有一種確鑿的錯誤發生，卻沒有人發現的瑣碎神祕彷彿向他諭示了些什麼。想著看著，某一刻起他只要有空就加入這項工作。隨著季節和流行的變換，他們也曾為布偶黏貼眼睛、為錢包加上拉鍊。有的時候他會有點疑惑這些東西都誰買去了，怎麼從來也沒做完，不過這問題並不會比弄錯顏色的後果更好解決。工作的過程裡他們很少說話，極少的情況下會提起女兒——那多半是來信的時候。信往往只有兩三頁，他們想像那是女兒利用漫長而忙碌的留學生涯裡孜矻攢下的時間寫成的，不然何以短短一兩千字，筆跡與段落都斷斷續續。「你覺得要多寄點衣服去德國嗎？」一次妻子難得地開了話頭。他想了想，突然驚覺自己根本不知道德國究竟是冷是暖，只好回答：「欸。」他不知道當初怎麼會答應送女兒出國，這一送就是更長的工作時間與更多的家庭代工。但人們都說去德國念音樂是最好的，回來再不濟也是個國立的音樂系教授，想想，一個軍人把女兒養成大學教授！

但今天的將軍沒有心思想女兒的事。他想著「逕觀」。這案子老崔接得並不情願，若不是將軍要退休，恐怕也沒能那麼輕易轉出去。將軍明白這一層，所以答應還會繼續出力。他做了一輩子情報工作，沒有電影裡面那麼曲折驚人，但風波險惡、詭異難明的事也碰上了不少。「逕觀」是最麻煩的那種。起初報上來只是個簡單的縱火案，在東海岸的海邊有間小道觀給當地人燒了，而且各種跡象都像是一起預謀已久的行動。放火的人並沒有被逮到，但根據消息，在起火之前，整村的人已經集合在村口了。等到火光一盛，全村的人就出發搶救，「簡直就像是等著去救人。」是的，是救人而非救火。除了少數位於建築物深處的人以外，其他人都被村民安全帶離，但沒有一個村民向起火的建築噴水——他們說太急著救人，忘了。不需要證據，他和老崔憑經驗就聽得出來：村民。他們的目標是燒掉那座寺觀。

最繁雜的工作是調查那些逃出來的人。老崔說：「他們都不見了。」

「不見了是什麼意思？」

就是不見了。村民說他們沒受什麼傷，就自己走了。

他們的回答一致得幾乎要讓人懷疑這是一場集體的政治屠殺。

將軍和老崔不斷地問自己：「還有沒有可以合理解釋的原因？」

一直到好幾天後，將軍才明白女兒不讓他載的原因不在鞋子，而在車子。他被迫減少接送的次數，每一次他都要事先打電話租車，現在想來這或許是某種預兆，他憑直覺選了幾個叫得出來的德國車種。他忍著不去換算每一次是幾串聖誕燈泡，改而揣度幾個檯面下的工程評估案。全新的豪華車廂內瀰漫著皮革的刺激味，女兒反而笑得像是什麼都沒有改變過一樣：「掰掰。」一切都是自然而然的，女兒的制服換了幾次尺寸，學起了鋼琴、長笛和小提琴，他第一次知道原來樂器也要隨著身量而變換。然後兒子也大到進入了小學，讀了一年突然要求轉校，他義務地堅持了一陣，也就吩咐妻子買了幾樣兒子喜歡的玩具給他。

那時的將軍忙得沒有餘力去追究兒子在想什麼，現下想想，他這幾年的失蹤也許是這一切的報償吧。

雖然兒子出生的時候，夫婦倆著實慶祝了一陣，但兒子比起女兒來真是安靜平順極了。送女兒出國的時候兒子正升上高二，他說要選文組，將軍眉頭皺了一下還是簽了字。依稀記得還問了一句：「你要念什麼？」兒子怎麼說早忘了，反正最後念的是歷史，還不錯的國立大學——總之是將軍能叫出來的其中一間。兒子住在學校外邊，房租也不算貴，和女兒的事比起來他什麼都不算貴，也就沒有不供的理由。只是念著念著突然就不跟家裡拿錢了，妻子驚覺過來以為發生什麼事情，去個電話，兒子只說，在學校當了教授的研究助理，不缺錢用。這是好事。他對妻子這麼說。然後把話頭引到當時正辦的一件偽造國幣案：有個集團不知怎麼買通了國幣鑄造廠的員工，用裡面的機器造出了一大批不能說是假鈔的假鈔。原汁原味，跟真鈔根本是同一個胎子。如果只是這樣，那其實是偷錢而不是偽造國幣案，奇的是他們印了快十億元的鈔票，竟然故意硬生生多加了一條防偽線。妻子總是靜靜聽，偶爾發問：「是最近新聞上破獲的那起嗎？」將軍得意地搖了搖頭：「這才是精采所在，」那些人製造偽幣根本不是為了錢，「我看到裡邊有成員是財金系教授，就覺得必有古怪。」他們的計畫是將這十億元散佈到市面上，然後一舉在媒體上大放消息，讓幣值完全崩潰掉。

「他們是敵人的樁。本來打算印更多的。本來——」

將軍相信所有事情背後必有原因。他和妻子因為女兒操心半輩子，女兒因為踏入那私立小學才牽動了他們。但他始終想不明白兒子為什麼突然失蹤了？又為什麼突然回來了？他甚至懷疑過是不是敵人間諜下的手，他暗自裡已決定了一套大義凜然的說詞，以及動員救人的部署。兒子本來就少回家、少打電話，平日裡家中就將軍自己和妻子對坐串燈泡。大三那一年的暑假，兒子遲了幾天還沒回來，打了幾通電話都沒能聯絡上，這才警覺不是功課忙。一問之下，整個六月都沒有人在學校裡面看過他了。將軍報了警。他沒想過竟然有一天他會來找這些平調子的。當然老崔也出了不少力，但唯一得到的訊息是：和兒子一起失蹤的，還有兒子賃居處的室友，是隔壁大學的學生。將軍漫長的軍旅生涯裡最常做的事情就是找人，甚至可以說，無論這個人存不存在，將軍都有把握能找出來。但兒子失蹤得像是一樁貨真價實的幻覺，猛然把將軍逼成了一個普通的父親。他讓下屬畫招貼、登廣告、登報懸賞，毫無消息。老崔順著他的懷疑，蒐集了近四、五年來的失蹤訊息，「也許是人口販子。」他知道這是老同事的體貼，如果真是人口販子倒是一種安慰。但誰能相信這麼大一個人就給賣了？那段時間將軍每調查一個案子，都疑心背後的集團參與了藏匿他兒子的事，有時不免判斷急率了點。上級找他去，讓他休息一陣。「長官，我還可以。」但連他自己都不大相信。他回給女兒的信沒有提她弟弟失蹤的事，他甚至不確定女兒會不會擔心。

「妳說會嗎？」很久以後，他才問妻子。

「當然會，他們感情好得很。」妻子說。

真的嗎？將軍有點驚訝，我怎麼會不知道？多想一會兒，只能自嘲：我怎麼會知道？

休假那段時間將軍還是天天到辦公室報到，數十年來為了全勤、為了晉升、為了偶爾輪到的肥差事，他沒有一日遲到早退，更別說請假。他坐在自己的辦公室裡，每日翻看老崔的部屬打上來的報告，他們分析了這幾年的失蹤人口，從官方資料來看並沒有什麼值得注意的共通性，地域、性別、年齡、職業……。有一些人指出這三、四年失蹤的人數增加了，但他知道這數字並沒有意義，因為增加的速度並沒有超過人口增加的比例。將軍轉而要求調閱失蹤者的個人資料。從前後一週開始，同心圓地往越來越遠的時點閱讀過去。起初他簡直惱火極了，那些東西全千篇一律，婆婆媽媽，不是額心有顆痣就是手長腳短。將軍覺得這些東西的存在簡直是在諷刺他，因為他當時發出去的訊息比起來也好不到哪裡去，每一件都像是在嘲笑將軍這樣的人竟然沒有為兒子多做點什麼。「我做了這麼多，」晚餐時他對微哭著臉的妻子吼：「你他媽這是什麼意思！」

兒子的回來和離開一樣沒有徵兆。那時將軍找人的心早淡了。就當是死了吧，老實說也不是多親的一個人，難過是免不了的，但想多了反而顯得虛矯。他銷了假，回到局裡待了幾個月，又回復到那種沒太多值得說，卻一直在餐桌上述說的日子。一日下班才到家裡，電話響了起來，將軍懶懶地接起，那頭是一個下屬的聲音：「長官，找到了！」他好像理所當然地知道對方在說什麼：「在哪裡？」就在市內。兒子突然就出現在火車站，監視攝影機經過處理、確認之後，已有半個多小時的延遲。他們認為兒子正在回家路上，會持續跟監。掛上電話，他喚來妻子，兩人就這麼坐在客廳裡面，妻子的臉要哭不哭，有種說不清楚的荒謬感蔓延。一切好像過於輕易了，好像只是一對夫妻等著晚歸的孩子。兒子竟然還留著家裡的鑰匙。開門入內，將軍知道自己得先開口，但盤算了這一陣竟還沒找到合適的話，有些窘迫：「你到哪裡去了？」話才出口就感覺到過於單薄：「這幾年。我和你媽，找了你多久！」

兒子說，他只是覺得活得很糟，所以讓自己流浪一陣子。

王八蛋，這是理由嗎？

然後連女兒都來了信。她說她要回來了，就在幾個月內。指導教授已經向她保證，如期取得學位絕對沒有問題。

一下子鬆弛下來的將軍收信隔天就遞出了退休的申請。

「壅觀」的事情終於還是有了進展。局裡面的人花了幾個月比對附近所有大眾運輸系統的監視攝影機，鎖定離開此地的人，扣除掉本來就居住或常往來此區者，把剩下的資料建了檔。資料庫完成的那天，老崔急電將軍：「你馬上來這兒一趟！」將軍趕到時，老崔已經在電腦室等他了，什麼也沒說明就一逕地放了好幾百張照片給他看。他看著覺得眼熟，好一會兒才醒悟過來，望向老崔：「這些照片……都是在那附近拍到的？」老崔點點頭：「我給你的那些資料。」將軍也點頭：「沒有錯。那些失蹤人口的照片，錯不了。」老崔停了片刻，將軍知道他接下來要說什麼，短短的沉默竟延展得讓他有點無措。

老崔說：「能否請令郎到局裡走一趟？」

當天剩下來的時間，將軍早早回了家，看到妻子喜孜孜地煮著湯，不禁感到些許的無助。他知道老崔的，精明世故，有什麼事情與他商量不會錯。可是現下自己成了事主，怎麼也不好為難人家。他問兒子在哪裡，妻子回說找朋友去了，好多年沒回台北，要去跟人家打聲招呼。打招呼？要怎麼打招呼？——非常抱歉，我失蹤了這好多年？失蹤到連我老頭軍方的朋友也找不到我。他坐在客廳裡頭越想越氣，這王八蛋一定瞞了什麼。他對著內室吼道：「茶呢？怎麼乾得沒一滴水！」妻子的聲音從遠處漫溢過來：「哎呀，你早早出去了，我就沒動茶。你要就自己沖點呀。」他簡直不可置信：「妳說什麼？我說沒茶了！」他想著上一次妻子沒有按著他指令行動是什麼時候。想不起來了。都想過一輪了，妻子才晃悠悠地踱出來，從五斗櫃裡頭拎出茶葉罐，一探頭：「這哪沒了？還半桶勒。」

將軍寒著臉不說話，他想這樣妻子就能懂了。

結果妻子把茶罐往桌上一擱：「裡頭油鍋要起來了，我看看去。」

接下來幾天，他開始真真確確地體會到退休是怎麼一回事。他多出了大把的時間，卻幾乎什麼也做不了。妻子還會幫他準備隔日的衣服，但幾項他在家中的特權卻一一萎縮。茶不用說，冰箱裡貯著的本來都是他嗜吃的辣味點心和白酒，不知何時被青白鐵皮的啤酒給擠到邊上去了。兒子有時出門有時不出門，還是那一貫安靜的樣子，享受著本屬於將軍的眼色與柔順。於是他根本無法跟妻子提要讓兒子到局裡的事，他想如果開口了妻子保不定要跟他吵架。他感到恐怖。結婚三十多年了，他不要這種事情發生，以前沒有，以後也不要有。

幸好，老崔也沒再逼他，因為兒子不見得比其他人重要，無論如何都得多問幾個。有了長相，一切就好辦得多了。他們先是找到兩個仍在附近遊晃的人，第一次訊問的時候將軍在場旁聽。

老崔的一名下屬和悅地提問：「請問，您是『垩觀』裡頭的居士嗎？」

被訊問的男子沒有說話。

再問了一次，男子才用一種空白的表情說：「……忘記了。」

他們再問了另外一位，情形一模一樣。

老崔在旁邊低咒：「媽的，找了兩個白癡回來。」

將軍同意。那不是假裝的。事實上，依照他們的表情，還能說出「忘記了」三個字，已是不大容易的事情了。他們的臉讓將軍聯想到拷問過了頭的人。

局裡把他們轉交給心理醫生，然後繼續訊問更多新發現者。這樣的人還不少，光是資料庫裡面篩選出來的就有近百個。將軍待在家裡的時間越來越短，他感覺在自己家裡還不如局裡自在，於是天天都找老崔報到。老崔也樂得多一個有經驗的人手。但接下來的事態令兩人十分困惑：他們每天都找到新的「垩人」——那是負責這個專案的下屬起的渾名——，但沒有多知道任何一丁點的訊息。一週過去之後，老崔忍不住玩起了小手段，他要求下屬過濾名單，找出無親無靠的幾個。將軍知道他要做什麼，他沒有反對，因為如果是自己也會這麼做——事實上，如果不是垩觀附近的居民看似早有團結預謀，老崔早就拿他們動刀了。被選出來的兩人自離開垩觀以後，就沒有回到任何家庭、和任何朋友接觸，下屬是在車站的躺椅上找到他們的。他們被帶進特別的審訊室裡面。以老崔和將軍的地位，這類事情他們永遠是不在場，當然不知情的，他們也不會過問那兩具帶著焦痕與破裂傷的身體是不是走著出去的。

報告沒有幾小時就送到老崔的辦公室了。

「又兩個白癡。他媽的。」老崔把報告摔到地上。

沉默一陣，老崔長長地嘆了一口氣。

將軍覺得有什麼危險在迫近。

老崔的口吻充滿了關懷：「令郎……也是這種情況嗎？」

不是。是。將軍不知道該怎麼回答。

那日回到家裡，妻子萬分歡喜地迎上來。他感到有點受寵若驚。妻子搖著手上的信封：「女兒說下個月要回來。而且她說要結婚了。」

將軍想，今天也太滿了一點。他一時調度不了他的舌頭：「喔，好！不，怎麼回事？」還有一些話，他還得問兒子，得對兒子說。但女兒的消息來得那麼猛烈又那麼瑣碎，他很想對著妻子吼說我們現在正在處理大案子妳知不知道？上級盯得很緊妳知不知道？他媽的這案子牽連到幾十個莫名其妙的白癡，妳知不知道，我們的兒子可能是其中一個？妻子讀出了他一半的意思：「女兒其實早就向我提過了。你別氣，她平常另外有信是給我的。我看這男孩子不錯，雖然是個本省人，但靠自己打工在德國念完了學位，回來也是無可限量的。」他瞪著她，但她繼續：「我知道你現在一定氣。但這是年輕人的事，這麼多年了，你也明白你女兒是副什麼脾氣。」此時此刻，他不知道怎麼說話，他一輩子都在學怎麼說話或不說話，這就是情報工作。一直以來他以為就他有話和妻子說，妻子是無處洩漏祕密的人。但怎麼會，其實有祕密的人不只自己。

將軍覺得頭痛欲裂。

他說好，都隨你們，都好。

去把兒子叫來。

他只問兒子一句話：「你都到亞觀裡幹了些什麼？」

※

一直到很後來，將軍才知道這是一個全然錯誤的問題。沒有一個人，能夠好好地回答這個問題。

他搞錯、搞砸了非常多件事。每當回想起來，他都懷疑自己怎麼能順利地活到此刻。

但不是只有他一個人搞錯。上級決定成立一個大型的祕密計畫，向那些埊人們追問他問過兒子的問題。他退休的身分會是很好的掩護，於是他每日裡處理大筆的資金，批准一些其實自己也不清楚有沒有用、原理是什麼的子計畫。當然，更重要的原因是兒子也成了埊人之一。將軍再次覺得這是對著他來的諷刺。那個計畫的核心機關就在加路蘭的埊觀原址。但他只告訴妻子，它建在一座風景區旁邊，提議一起去走走，但妻子拒絕了。他一個人去到那裡，和幾個官員打聲招呼，然後凝視著一片從油綠稻田裡拔起的埊地，想像在那荒涼之處，曾有一個他從不了解的人離開了原來的生活，因為「活得很糟」而在此落腳。妻子沒有原諒他，他也不知道該不該求取她的原諒，這明明不關他的事，他怎麼知道那句話是一個開關、一個陷阱、一個隱而不見的禁忌。但似乎也不能說，這一切跟他沒有關係。

將軍坐在有著新建氣味的大樓裡，靠窗的座位，可以遠遠望見埊地形。一些人熱心地問他要不要探望兒子，他搖搖頭說不必。夜色漸漸暈染開來，在深濃的色調裡，埊地的灰質形貌竟爾有了一些隱晦的銀光，彷彿是星光。也許正是星光的折射。晚餐時分已過，他難免想起遙遠屋子裡，隔著水煙談話的母女兩人。她們會延續信裡面那些，他不知道的話題吧？妻子會早早催女兒去睡，以迎接明天，她的婚禮以及全新的一生。

而他的已經舊了。那些晚餐的話題和聖誕燈泡。他甚至可以跟自己打賭：他到底有沒有機會告訴妻子，其實，他在晚餐時講的案子，沒有一件真正發生過。聽說一些，變造一些，就不算是洩密。

他自己也不知道答案。這就很公平。

就將軍這一行來說，唯一比沉默更能保守祕密的方式，就是說謊。他和老崔都明白這個道理，他想那些壅人也許都是明白人的。

將軍起身，準備打個電話，說，老崔留他下來打麻將。明天一早，會有最快的車把他送到婚禮會場，一切的過程他都錯過了，但最後把女兒的手牽給別人這件事，他必須做。

太平日子，就只剩這點事情好做。

自白：加路蘭中心簡史

一

可以開始了嗎？

可以。請。

起先都是孩子。我們和孩子的父母隔著一條膝蓋高的桌子，有的家裡是上頭披著桌巾的木桌，有的是黑色但仍可透影的沉重玻璃桌面。有時候孩子會在一旁，似聽非聽地望著我們。但到了即將憤怒或決定的時刻，孩子都會被支開。我們一概謙遜地垂著眼光，盡可能地善良與無奈。我們說：「這也許對您們、對孩子都好。」在比較極端的例子裡，這句話會引來「幹拎娘」及其後語音模糊但語義無比清晰的話語，從父親的方向如浪撲來。我們把頭垂得更低表示理解，眼角的餘光會看見母親含淚勸阻，同時驚惶地把眼光投到孩子剛才隱入的房門。我們必須克制自己安慰母親的衝動，以免脫口說出：您放心，此刻的他什麼也沒有。沒有您所擔心的道德與教養，更沒有您所體會到的傷害與恐懼。「這是您們的，」我們停頓：「誰也不能強迫您們決定。但我們願意保證。」最後，長長的沉默，緊繃的空氣，數年來的挫折感，空氣緩緩流動。

他們說，好。從來沒有例外。

我們帶孩子離開的時候，很少遭遇反抗。這類的孩子和一般孩子不一樣，有足夠的經驗的話，可以一眼就判斷出來。在他們的心裡——如果有這麼一塊地方的話——，去哪裡、和誰去、做什麼並沒有差別，他們沒有辦法感覺這麼多。但也發生過意外。我們曾循一位比較沒有經驗的線人前往某戶人家，本來一切正常，直到我們去牽領孩子，要走出家門的瞬間，孩子猛然捉住門框，用力地撞擊自己的頭部。口中同時發出「荷！荷！」的氣聲，他的父母衝去拉開他，我們這才驚覺不對。

我們對著混亂拉扯的三人說：「對不起，我們搞錯了。」

「你說什麼？」

「我們搞錯了。非常抱歉，但我們的評估出了錯誤。您們的孩子不是我們要找的人。」

過程中十分沉默的父親對著我們大吼：「我操你媽的這算什麼？你們什麼意思你們！」

「真的非常抱歉。」我們鞠躬，慢慢地退出了門外。

然後屋裡，響起了母親鳴笛般尖銳的哭聲。

這樣的事情其實很少，現在提到只是聊備一格。此後我們更加嚴格地訓練線人，並且發展了完整的覆核程序，再三確認他們是「垩」才與父母開啟協商。

孩子們都會先被帶到加路蘭中心，確認身分、登錄名冊之後，才分發到各居住室裡面。最早我們進行得很慢，平均每天只會找到一、兩個孩子。但隨著流程的熟練，到高峰期時，中心曾經一天處理近百個分發案件，於是擴建為一前一後兩層大樓的規模，中心的辦公室也由四十多坪拓為整層樓。因應建築結構的改變，中心歷史上的第一次制度變革也隨之展開。我們在內部稱之為「蜂巢」時期，主要是因為這些變革中影響最深遠的兩項，便是「隔離原則」與「排序原則」的確立。一直以來，中心的任務就是讓這些「垩」恢復記憶，但前蜂巢時期的策略是讓「垩」們混雜相處，希望能藉此提供更多的情境刺激，好想起垩觀之中的事。以一種後見之明來說，我們已經證明這個理論是行不通的，這也反映在具體成果上：前蜂巢時期所收容的上千名「垩」之中，只有不到十人成功地被「喚回」。而且這些被喚回者，顯然都只在垩觀中度過較短時日。總之，到了蜂巢時期，加路蘭中心的建築設計已改為完全獨立、格狀排列的居住室了。每一個「垩」——在初期還只有孩子，後來成人與老人也慢慢加入了——進入中心之後就只會和專屬的實驗醫療團隊接觸，他們的房間就在彼此隔壁，但有良好的隔音處理，形同一個密閉的音樂盒。（這是中心主任時時強調的意象：我們是「垔」的光線，要激發他們的聲音。）考慮到心理健康，每一個房間都有兩扇窗戶，透過光線、投影、風扇與噴灑系統，我們能模擬到讓「垔」「打開」窗戶，感覺到雨絲落在自己手上，折射出天剛霽的陽光。我們甚至在中心裡準備了整整兩層樓，一層模擬為陽明山的觀光步道，一層模擬為福隆的海水浴場——這是為了處理「垔」因為窗外景色，誘發出外踏青念頭的措施。不過這兩層樓幾乎沒有用到，最後主要功能轉為中心員工的社交區域。原因無他，因為當「垔」主動想要離開房間之時，往往便是記憶成功喚回之時了。

中心裡面的每一個人都懂普通心理學，這當然是任務所需。不過一進入中心大門，就彷彿有一種更強的引力在扭曲我們對人類的一切知識。第一位來到這裡的是小宇。他是一個平凡的十三歲男孩，不過臉面仍然平滑光整，沒有這年紀常有的青春痘。微胖，像所有的「垔」一樣不說話，安靜地望著每一個中心人員。小宇一點都不特別，也沒有提供我們太多的研究數據，不過他註定會留名在中心歷史上，因為他是第一個被確認不可能「喚回」的案例。他走進這裡的時候我們當然還不知道，當時甚至連「無法喚回」這種情況我們都沒設想過。我們是為了另外一件事情感到狼狽不堪。因為我們本來預期，當脫離原生家庭，「垔」回到加路蘭中心的時候，應該會觸動某種記憶，或至少是情緒反應。我們準備了非常大陣仗的監測儀器，在他走入中心的瞬間，四十坪房間的每一面牆、每一吋地面都有儀器啟動，詳細記錄他的呼吸、心跳、瞳孔、腦波、肢體角度……。事實上，最開始「登記」這個手續根本只是一場實驗的偽裝而已。但他沒有任何反應。

在我們確定一切都沒有變化的時候，一位資深的醫師上前去：

「你還記得這裡嗎，小宇？」

這位醫師是小宇的實驗醫療團隊負責人。小宇過去的資料，包括他父母都未曾取得的檔案數據，以及數位較深入接觸過小宇的教師所寫的私人文本，也都徹底分析過了。

小宇轉過頭來看他。如同資料所載，他能知道誰在和他說話。

「大。哥。」醫師說：「大哥曾經也來過這裡，記得嗎？」

小宇沒有任何反應，即便有，也是在我們儀器的探測範圍之外。

於是從第一天的第一件案例起，我們就證明「喚回」計畫的首要假設是錯誤的。我們原先假設，在燒毀的埡觀原址建立加路蘭中心，並且把「埡」帶回此地時，會引起激烈的情緒反應。我們在所有「埡」的資料裡面都曾看過類似的描述，即詢問他們與埡觀相關的經歷之後，病情便會急速惡化。在某些案例裡面，甚至有人在他們面前發出「ㄜˋ」的音都會引起強烈的恐懼或焦慮。但在加路蘭中心運作的五年多內，我們不曾看見任何一個初踏入中心大樓的「堊」對此地有任何感覺，就算我們刻意帶他們到附近的堊地走動也未見成效。這樣的情境實驗在早期做了好幾次，後來當地居民向地方政府申訴，中心便決定終止該項實驗，主要的因素還是在這種作為很明顯無助於「喚回」。

蜂巢時期的我們完全放棄了情境刺激的理論。雖然在原本的記憶喚回治療裡，提供熟悉物件、地景、人物並不見得能保證個體的痊癒，但那至少在統計上是機率性發生的，在中心裡這機率低落到百分之一以下，顯然「堊」與一般類型的失憶病人全然不同。於是，我們開放各個醫療團隊自行擬定實驗計畫，從頭開始嘗試錯誤、建立理論。在電腦運算的幫助下，我們建立起關於「堊」生理、心理的多項指標，並且用這個指標來排序每一個案的居住室。實際說起來有點複雜，但那其實就像是依照身高體重排隊一樣，只是我們根據的是語言習得進度、新陳代謝速度和腦神經傳導速度等更細微的參數。這就是前面提到的「排序原則」。這樣的好處是，每一實驗團隊都可以依照自身的理論需求，找到完全符合條件的「堊」，從而確保實驗的準確性。而透過每一名「堊」更換居住室的軌跡，我們可以觀察他的進步或退步路線。（兩者多半是伴隨而來的，某一項的進步往往以另一項為代價，我們時常開玩笑說那是「手續費」。整個「喚回」過程，的確多半就是在尋找最能接受的手續費為代價，換取記憶。）這給了我們的報告撰寫人員很大的方便，因為只要圖解這些軌跡就可以了。每一週，會有十頁以內的扼要報告送往上級，這幾乎是我們對上頭的唯一義務，而他們則負責提供資金。

在蜂巢時期，我們最矚目的是一些身分特別的案例，因為他們的家屬是前來探視機率最高的。其中包含一位將軍的兒子，他在大學畢業之後失蹤了數年，後來才被發現是在罿觀度過這段日子的。——因為主導罿觀焚毀案調查的情報正是將軍的下屬。我們不能談他的身分，不過可以說，他贊助中心一大筆經費及其他的幫助，並且在退休之後持續發揮影響力，長達六……。總之是很長一段時間，我們都受到他的照顧。他的兒子進來時二十六歲，除了外貌以外一切特徵都和前面說過的小宇一樣。但有一點他和其他人不大相同。根據我們的追蹤，他至少在罿觀待了快兩年，在那場大火之中毫髮無傷地被救了出來，很快就回到原生家庭了。但詭異的是，在罿觀裡的兩年似乎對他沒有造成任何影響：他並沒有跟其他的「罿」一樣，在裡面被洗淨了記憶。他回到家，和將軍相認、道歉，然後只說他在外流浪打工了兩年。將軍雖然不相信只是打工怎麼可能讓他的軍方人脈一無所獲，但既然兒子回來了也就不再追究。事有湊巧，將軍正好在協助罿觀的調查……。調查內容與動機不能透露。很抱歉。總之，某天將軍在家吃晚飯，隨口詢問妻子要不要到東部走一走。據轉述，對話是這樣的：

「怎麼突然要去那麼遠？」

「就那個嘛，有個案子在那兒。附近好像有個風景區，聽說不錯。」

「什麼地方啊？東部我們上回不是才去的嗎？」

「不，這名字古怪。好像叫做什麼……加路蘭的。」

將軍說，突然之間，他感覺兒子就「熄滅」了。他說不上什麼意思，但是他感覺到兒子有異樣，看過去，就覺得完了，熄滅了，像一支被折斷的蠟燭。

那之後他就成了「埡」。我們介入，然後接手。

面對這些身分特異的個案，中心會採取最完整的療程來對應。也就是說，所有傳統的療程都必須證明無效了，才能進行新的。幸好，將軍的兒子很快地迎來了蜂巢時期，省去不少步驟，不然這樣的個案其實是最受罪的——傳統的療法用處不大，但又非經歷過不可。最後，他的醫療團隊採取的是一種混合傳統療法與實驗理論的方案。醫師提出了一個假設：如果埡觀消滅的不是人們的記憶，而是人們取用記憶的能力呢？也就是說，那些記憶其實就還藏在腦中的萬千的皺褶裡——這點我們有解剖證據證明，所有腦部構造都沒有異變——，只是通往記憶的橋斷掉了。所以當務之急，不是讓他們回想過去，而是把「埡」們當作孩子，重新教會他們如何記憶。

我們開啟了「間隔回憶」的療程。當然，此時將軍的兒子已經有基礎的語言能力，在我們的訓練之下，他必須要和工作人員進行最基本的溝通才能獲得食物和其他物質需求。於是醫療團隊改變他的生活作息。之前，他只要開口要求、詞能達意就好，實驗中則是每天早上都會和他約定一個詞語，他必須在工作人員詢問：「今天的密碼是什麼？」時講出正確答案。例如第一天，我們拿了一本書進去，然後跟他說：「書。」接著我們安排他進行其他的活動，但每隔五分鐘就告訴他「書」。午餐時間，當工作人員指著書，要求他說出密碼時，他辦到了。這整個療程是循序漸進的，隨著時間過去，我們提醒他的間隔時間越來越長，從十分鐘、一小時、兩小時……一直到七天（那七天之內，我們不再提示，他則必須每餐講出同一個密碼）。等到他能快速記住具體的物件，我們就在密碼中加上形容詞，然後是動詞，以及複雜的陳述句。最後，我們的通關密語變成了抽象概念的描述：「七月的台北是很熱的。」以及「人們渴望自由。」他記住了。他的居住室在這個過程裡一路由中心後棟大樓北端向南移動，樓層也緩慢下降。套句我們的說法，他是在溜滑梯。當他搬到前棟大樓的時候，他已經擁有與常人無異的語言能力了。他開始開口要求書籍，並且時常到中心裡面的陽明山和福隆走動。我們買了一些市面上的雜誌給他。他指著每一張圖片，要求我們告訴他照片裡的人是誰，然後把它們記起來。慢慢地，他發展出閱讀圖片的能力，他開始知道只要注意圖片的主角，因此不再逼問我們蔡依林後面的舞者姓名。突然有一天，他提了幾個名字，包括楊照、南方朔、余光中，他要求讀他們的書：「因為書裡面說他們是作家，寫了很多的書。」

我們當然答應了。這樣一路說起來很快，事實上從療程開始、一直到他指定作家為止，過了將近六個月。中間將軍來了好幾次，有時偕同夫人有時沒有。我們非常感謝他們，也說明這個實驗計畫很可能會成功，已經有更多的團隊跟進了，雖然在實驗的細節上不太一樣，但理論基礎都是先建構記憶能力再找回過往的記憶。

「我們判斷令郎已經擁有接近完整的記憶、語言能力。」我們這樣對將軍說，並且詢問他是否願意和兒子見面，「這樣或許對病情的進步會有幫助。」

他沒有立即答應。我們可以理解。

無論如何，他進步的跡象只有越來越明顯，一步一步趨近那些已經治癒，並且寫下自己在巠觀中生活紀錄的「巠」了。他大量閱讀，沉思，偶爾寫點東西。他開始在山林裡面奔跑、活動筋骨。他試圖賄賂工作人員以取得更多的特權。他和幾個進度相當的「巠」發展出小型的社群，並且和其中兩人有了性關係。他鄙視那些還在療程中的「巠」，厭惡我們繼續用編號稱呼他，在想起本名之前為自己取了一個名字。他早早放棄了閱讀詩，這已經成為另外一個研究計畫的子題，我們想知道放棄的原因是純粹的興趣，還是因為這樣的心靈已經無法負荷太高度抽象的聯想。這個假設是可能的，因為他也不喜歡閱讀論說類的文章，而試圖再現景物、描寫細緻的散文也是淺嚐輒止。不到半個月，他所開出來的書單已經全部是小說了。如果他還閱讀雜誌或報紙，是為了知道更多作家的名字和小說書名。

實驗團隊繼續監測他的日常生活，但不再安排任何實驗了。我們在他之前已經累積了不少經驗。我們知道，詢問他們「記不記得巠觀的事情」是沒有用的。大量的研究證實了，主動探問這件事會觸發某種心理機制，使進度倒退。所以我們從來沒有問過他。

他開始情緒不穩。有時候半夜會驚醒，腦波的監測告訴我們，他應該是做了惡夢。後來他隨手書寫的紙條證明了這件事，因為他記錄了許多夢。那些夢裡面的人都沒有名字，彷彿表現主義的戲劇，只剩下若干特徵譬如「老人」、「運動員」、「女孩」。隨著時間過去，他做夢越來越頻繁，情節也越陰深曲折。有一陣子他連續幾天都沒有離開房間，讀寫等動作都少了，我們雖然擔心是否出現退化現象，但一些生理數據表示沒有任何問題，於是仍按照原訂計畫讓他自然發展。到了第三天清晨，從監視畫面裡面我們看到他瘋狂地將室內數十本書舉起來，向四壁亂砸。其中幾本砸中了窗戶，當然沒有破裂。醫護人員緊急破門入內，在被壓制住之前，他頹然坐在地上大哭了起來，口中不斷吐出幾個單詞。

根據在場人員的說法，他反覆說的是：「這裡是哪裡？」

最後他被「喚回」了嗎？

有的。

他像所有被「喚回」的「垔」一樣，寫下垔觀的相關紀錄了吧？

是的。我們看著他寫的，他說他想起來了，他要寫。一面哭，書桌上方橫著楊照的《場邊楊照》，一面寫。你可以參閱紀錄裡的〈倒數零點四三一秒〉。

但那不是他的經歷。

那是他的經歷。他說是。我們也認為是。

二

你必須知道，我們還有別的管道檢證你的說法，說謊是沒有意義的。

不，你沒有。我們是唯一的了。

你為什麼說「我們」？

因為我們就是我們。

起先都是中年以上的成人。

要到很後來，我們才知道研究並未全部成功。我們的「喚回」計畫有了長足的進展，但有些被我們早早毀棄的假設，其實反而是正確的。比如說，將加路蘭中心建造在焚毀的噩觀遺址上方這件事。不，這樣做的確無助於「噩」的痊癒，但它不是毫無意義的。這中間的意義，恐怕才是你們需要靜下來聽一聽的。不管你相不相信，我們要強調：這塊土地有自己的意志。我們第一次聽到將軍的兒子這麼說的時候，表情和你是一樣的。那時候他已經快要完成〈倒數零點四三二秒〉了。他寫得很慢。某一天，他指著一名叫做黃錦樹的小說家所寫〈撤退〉的一句話，說，就是這個意思。「土地是土地自己的主人……」

很快地他又用力地搖頭：「但不是這個意思。」

總之，一切從中年人開始。將軍兒子的實驗成功讓「堊」們的進步速度加快好幾倍，但比不上我們新轉介過來的成長速度。加路蘭中心的人口結構開始變化，從孩子居多，逐漸成為常態分配。兩棟格狀結構的大樓漸漸不夠用了。中心迎來的第三次的改建與改革。我們把兩棟大樓拆掉，然後建造一座環形的建物，從外觀看起來像一個粗大的圓筒。你想像這個圓筒是實心的，然後我們在圓心打穿一條細長的通道，從正上方鳥瞰就像「◎」。實心的部分仍然由一格一格的居住室構成，所有面向圓心的牆面都是單向鏡。在這條通道裡，我們安置了速度很快的升降裝置，讓工作人員能搭乘它迅速觀察各個樓層。是的，我們稱之為「燈塔時期」的中心大樓，建構的靈感正是來自於Jeremy Bentham。這樣做的用意，在於用較少的人力監控數量驚人膨脹的「堊」們。處於圓心的工作人員，一次能夠監控一整層樓，而那些社會化恢復程度高的病人也會以為監控時時刻刻都存在，進而達到自我監控的目的。在這個階段裡，我們只繼續進行幾個小型的實驗計畫——那多半出自於研究興趣而非實際用途——主要的人力都放在「堊」的療癒上。燈塔時期的最高指導原則是管理和效率。為了更快地讓「堊」們被「喚回」，我們修改「間隔回憶」的療程，適度地雜以情境刺激——還好此時將軍的兒子已經痊癒離開中心了，他若繼續待下去，我們必定會安排父子提早見面。

這是不可避免的過程。「堊」進來得太多太快了。上級也沒有告訴我們為什麼要做這些事情。所以最後，我們只希望讓整條「生產線」加快。不必譴責我們，任何人到了我們的位置上，看過幾千個「堊」登記、分發、進行各種實驗和療程之後，都會在某一程度上越來越像他們。忘記感覺，忘記思考，忘記傷害與不傷害的差別。最終，一個最勤苦的研究小組提出了報告，證實人體可以承受生理週期的改變。我們再說一次，「人體可以承受生理週期的改變。」這個小組的實驗方式很簡單，他們調整每一居住室的溼度、溫度與日光，讓「一天」縮短十分鐘。在無比耐心的反覆測試下，他們證明人的一天可以縮短到八個多小時，報告裡建議：「為了管理上的方便以及適應個體差異，我們建議訂定九小時為最低標準。」在這九個小時裡，「堊」睡眠三小時，自然地醒來，平均每兩小時用餐一次，食量與活動量都自然縮減為三分之一。我們先在健壯的中年男子身上使用這個政策，第一批痊癒者只花了原本療程時間的百分之四十，而且無論各方面的檢測都完全正常。他們表現得像是從小就過九小時的生活。被「喚回」之後，他們每一個人也都完美地寫出了自己在堊觀時的故事──雖然他們的敘述相較於之前的痊癒者，是比較精簡一些，但意義上仍是完整的。於是，這個政策普及到所有「堊」，成為標準程序。

至此整條生產線建構完成。這是燈塔時期最後一項變革。

不，你要明白，我們收到唯一的指令，就是「喚回」然後取得那份敘述。

我們職責在此。其他的事情，不能增進這個任務的，就是在減損它。

在燈塔時期，我們也在實證上確定了有「無法喚回」的狀況。雖然「間斷回憶」的模式改良到後來，已經幾乎可以保證「巠」的痊癒，但仍然有少數例子無論如何都不會進步。是一點進步都沒有的狀況。這方面，我們其實沒有足夠的資料來斷定是什麼因素造成這樣的差異。幾個研究小組在生理、心理數據上遍尋未果，於是重新做起歷史研究，試圖找出過往經歷的相關性。進度最快的小組，認為這些「巠」在進入中心以前，可能都因為某種外力或心理學療程而被不完整地「喚回」過了，只是這些外力並沒有持續下去，以至於他們全都退化回去，例如前面提過的第一個病人小宇。他們從此產生了「抗藥性」。但這個假設來不及驗證，一切就開始了。

中心歷史的最後一年，我們頻繁地操作標準療程，配合九小時的節奏，每一個工作人員和醫師多少都處於睡眠不足的狀態。我們都很辛苦，但都很亢奮，因為我們集體見證了百年來心理學上最偉大的時刻，這麼嚴重的心理病症在我們手上完全破解。我們以為，是因為這樣才讓我們睡得少卻仍然精神飽滿。過了一週，或許是好幾週，某些工作人員突然發現自己完全記不得自己上次入睡的時間了。他們躺下來，要求自己入眠，但沒有辦法。他們互開彼此玩笑，說對方已經完全被異化了，一邊試圖去翻找自己上一次躺上床的紀錄。他們找了很久——因為他們完全睡不著，而且中心裡面完全沒有關於工作人員的紀錄。我們並不是我們自己的研究對象，當然不會監測自己。中心發現不對勁，所以先將這幾人隔離到空的居住室裡面，由他人暫代職務。我們撥了一些中心裡最資深的心理學家諮商他們，但症狀沒有任何緩解。就在同時，一些我們在蜂巢時期成功「喚回」的個案回到中心來。他們正常地踏入中心，要求會見當初負責他們的醫師，寒暄感謝之後，他們趴下睡倒。根據一些工作人員的轉述，他們睡前說了些類似的話：「這麼多的東西，實在好累啊。」這句話是將軍的兒子說的。他也回來了。睡下之後，他們就再也沒有醒過來了。有呼吸，有脈搏，有心跳，有腦波，一如一個安睡的人，差別只在沒有醒。每一個被「喚回」的「壐」都像候鳥一樣回來了，依照當初離開中心的順序。

很快地，我們開始嚴重地人手不足。資深的心理學家必須回到崗位。而被隔離的失眠者也得回來工作。失眠者越來越多，但中心無力阻止，因為我們此刻的不眠才勉強抵擋得住被「喚回」者歸來的浪潮。我們停止所有療程，盡可能地闢出空間收容爆滿的「壐」。我們這才開始慢慢了解，這塊土地有自己的意志，將軍的兒子說得沒有錯。這塊土地在奪回屬於它的一切，屬於它的「亟」們。正如同當初，他們每一個人都無理由地被引來了這裡，並且在這裡抹消了全部的記憶一樣。光是收容的工作就讓我們疲憊萬分。我們向上級報告這個情況，上級表示他們正在討論該怎麼做。但來不及了。最後的一個月我們面對了最酷烈的情況：最早失眠的工作人員也睡倒了。沒有醒過來這種。於是我們全部看清楚了等在我們面前的是什麼。當我們搭乘燈塔中心的電梯上下巡察的時候，我們真切地感覺到有股力量貫穿在我們之間，體現在每一個「亟」光滑平整、缺乏表情的臉孔上。我們依照失眠症狀開始的先後順序，交叉分組，排班執行工作，以減少睡倒造成的麻煩。沒有工作的人會試圖睡一下，但沒有人能確定自己曾經入睡。

整座中心變得無比的安靜。

我們取消了所有的線人。因為現在，不需要線人，新的「亟」自己會綿綿不絕地前來中心報到。

我們不再嚴格地分類了。有時候還會兩個、三個「亟」同一房間。上級遲遲沒有可行的解決方案、或哪怕是任何指令下來，於是我們也不再送報告上去了。他們就像是回到自己的家，自然地把自己安置在枕頭上。我們也知道不可能離開中心。將軍對我們友善的極限，就是告訴我們外面有什麼樣的東西在等著，而不能把那些東西撤走。我們於是毀棄了所有的中心規條，將所有基本的維生控制交給電腦，把還清醒的工作人員集中在最底層的空間。我們在那裡盡可能地做我們能做的，說話，遊戲，移動身體，咒罵與互毆，各種各樣的性愛與食物。人會越來越少。我們喝到爛醉，但沒有一個人睡著，那感覺就像意識裡起了濛濛的霧，但霧後面有著刺眼的光。

不知道幾天之後，剩下來的我們聚起來，最後一次一起完成一件事。我們要記住一切。之所以所有人都加入了這個活動，是因為這很難，永遠也做不完，正適宜我們沒有日夜的生活。我們編寫了一套加路蘭中心的歷史，起先是提綱式的，到後來綱目越來越多、越來越細，終於成為一冗長的敘述文。但沒有關係，我們有用不完的清醒時間，可以不停地背誦。最早的版本無可避免地詳近而略古，但隨著時日過去，我們回憶起來的細節越來越多。每一個人都詳盡地寫下自己在中心的回憶錄，參加過的實驗計畫、特殊的案例、瑣碎的行政工作與值得紀念的時刻。如果中心歷史有第四個時期，一定是存在於我們的記述之中。等到版本已經大致沒有問題，新憶起的材料都無法改寫原有史觀之時，我們開始書寫未來。是的，我們開始思考，這部歷史應該要有怎樣的結尾。於是我們延續之前的筆調，用過去式寫下計畫。在最後的一刻，我們之中的我們會去執行這個計畫，一字不漏。然後開始背誦。我們互相抽考，或者一人一句。我們牢記到能夠從任何一個字背誦起，內化到能夠就蜂巢時期與燈塔時期撰寫比較研究。我們說：「我們要熟到連夢話都能背誦。」在抽背的過程中有人終於睡去，我們就拍拍他，恭賀他先走一步。我們誰也不知道誰會是最後一個，但在那之前我們會安排好一切，讓那最後的一個，把我們的歷史完成並且帶出去。用一種中性的、客觀的、毫無版本疑義的語調敘述的歷史。

那一天，我們最後一次啟動了燈塔的所有系統。我們只剩下我們了。

我們沿著圓心的升降系統移動，刻意放慢了速度。好幾週不見，「堊」們全部陷入沉沉的睡眠了。在那些格狀、圍攏成層疊圓形的眾多居住室裡面，我們看到一個個「堊」們睡姿優雅，身旁環繞著碎碎的銀光，我們也彷彿聽到深夜裡輕輕的聲響。他們飄浮在居住室之中，偶爾禮貌地互相輕碰旋即分開。我們這才有一點滿足，覺得自己畢竟建造了這麼壯觀的建築，來裝納這些柔美一如夢幻魚缸的居住室群組。

我們依照計畫，確定一切無誤，按下開關，打碎燈塔的核心，讓火流淌出來。

那一瞬間，一個從未設想過的畫面進入了我們的腦海：那些魚缸似的居住室，有著良好的防護系統，所以火焰無法輕易地燒毀它們。於是，在魚缸玻璃熔化之前，缸內的水會先開始沸騰，而身在裡面沒有知覺的「堊」們，會隨著隱隱的沸騰水流快速翻滾。就像跳舞一樣——我們這才想起來，我們從來沒有教會任何一個「亞」舞蹈這類身體的技藝過。然後玻璃破裂，缸水迸出，他們隨著奔流出來，加路蘭中心將像是被海嘯淹沒的燈塔內部一樣，建築物的骨架努力地撐持著，但一切肌理組織已然被火焰浸泡……

這也許是最初命名為「燈塔時期」就已經決定好了的吧。

或者，在原址重建的那一刻……

現在……

謝謝你的協助，我們將會彙整所有資料，做成……

我們就是所有的資料了。

（沉默）

你可以休息了。（招手）我們可以協助你改善睡眠問題。

改善？是了，是了，當然是這樣。

（兩名男子入內，拎起一架虛弱的人體，放置到診療椅上。他們在四肢、頸部纏上了固定的布條。）

當然是這樣。加倍的藥劑，更多的催眠。我們還真希望這一切有用。

（彷彿回應他的預言，兩名男子沉默地注射藥劑。）

不然，換我們問你：那些報告、還有「噩」的書寫，最後都去了哪裡？

非常感謝你的合作。如有疑問，我們隨時會再來請教。

你就問吧。你就問吧。在我們對這個世界感到疲憊之前，我們隨時都可以講，可以從任何一個字開始講：

（圓睜著眼）

起初，都是孩子……

附錄

抒情考古學①

——大沉睡的時間夾層

各位：

如果今天我們的這個學科還算得上是一支充滿記憶的知識力量的話——事實上，我對此是深具信心的，我想坐在這裡的各位也是——，這一切的起點必須歸功於離我們並不太遠，卻已幾乎湮滅了所有的痕跡的那個時代②。我的意思並不是我們對我們的先人一無所知，我們缺乏當時的一切資料；事情正好相反，我們擁有大量的資料，文字、圖像、影像、各種敘事與非敘事的作品，我們還借用了大量當時所累積的知識成果。然而這正是我使用「湮滅」一詞的內涵：除了資料以外，那個年代已經絲毫不剩地消失了。

我們至今仍不能清楚到底發生了什麼事，我們所能知道的是，人類這個族群就像是集體經歷了一場安詳的睡眠，而當斜射的陽光使我們悠然睜眼之時，我們看見綠色和褐色的鳥雀從窗前劃過，天花板是溫暖的淡黃色塑料合金，室內的溫度與溼度舒適完美，床頭邊的木盤上有煎好的蛋和培根……然而我們說不出這一切的名字，包括自己的，我們什麼都不記得了。

發生了什麼事？

我們發現，一切的生活必需的設備都已經準備好了。包括各位用來書寫與閱讀的電腦（這是我們從先人遺留下來的資料中重新學會的眾多古典詞彙之一），我今天賴以趕到會場的長床（當然，我所駕駛的已經是當初使用的機型的後代了），甚至是各位桌上那隻可以調控溫度與甜度的茶杯，都等在那裡了。我沒有經歷過那場失憶，但可以想像：像我母親那樣一輩子按部就班、依照計畫表過日子的人，一朝醒來發現自己活在一個生活條件還挺方便、科技設備都挺貼心的世界，她會先因為柔和的定頻光燈而安心，隨後感到無比的驚駭。因為她發現自己不知從何而來，她不知道在睜眼之前她是誰，這個世界是什麼

---

①本文為研究「記憶」的名家C．Y．S教授於清華大學的演講稿。這篇演講稿已經經過作者的潤飾，且部分地加上了引用的說明。唯本文提及眾多的「書籍」現已難以取得，因此僅簡單標明作者、篇名以及約略的年代，讀者可自行搜尋。

②比如說，楊照的〈溫柔考古〉必定就啟發了不少學者。這種啟發是思維結構上的，而不是內容上的——目前的學術成果已經證明了他的小說並不是建基於真實世界的作品。

樣子。她甚至無法確定前一秒鐘她自己存不存在，一切都是這樣沒有理由地出現，或者用我們今天的話來說，一切都沒有記憶，沒有歷史，憑空出現在這兒；因此，它們，以及我們，如果在下一秒憑空消失，竟是唯一合乎邏輯的結果。她會摸索著走出家門，遇見了成千上萬和她一樣茫然的人，他們驚懼地看著對方，有些慶幸，又有些不敢相信。

後來的事情，大家都很清楚了。我們發現這個世界完全等著我們醒來，它準備好所有生活的細節，第一代人們的最初的知識是關於「如何活著」，其中最要緊的部分是發現各種設備的用途，然後發明了它們的名字。對今天的我們來說最重要的一項是：我們發現了大量的電腦，它們儲存了至今仍然未曾完全被閱讀完的資料。我們正是在這種資料裡得知自己不是橫空出世，而是有著先人的，它也構成了我們今日絕大多數知識的基礎。「大沉睡」之後的第一代人喜歡從這批資料裡挖掘詞彙來命名眼前的事物。有不少詞彙就在這一波對命名的集體狂熱中，被漫不經心地誤用了。比如我們現在用來指稱交通工具的「床」，在最初是指一種方形平面的家具，用來端坐的，而比較晚近的資料則像是作為寢具使用；我們現在所說的「床」用先人的話來說，比較接近「車」或者「船」，雖然我們已經難以想像他們不能離開地面的車、不能離開水面的船的內在設計邏輯是什麼了。

在「對命名的重視」這一點上，我們和我們的先人毫無二致，有不少的文件、論述或者敘事作品總是反覆地提到人類對「命名」這件事情的著迷。比如《聖經》③或者《百年孤寂》④這類影響力深遠的著作，也及於〈靈犀〉這種冷門、幾乎難以正確評估其影響力的篇章⑤。在他們而言，命名就等於創造；名字在一切事物之初。當第一代人從「大沉睡」中甦醒之時，他們也就等於面對著一個嶄新的世界，這個世界是如此地令人興奮，因為它連一個名字都沒有。

我們現在當然已經離開了純粹命名的年代。如果要用一個簡單的問題來描述「大沉睡」之後，我們整個知識界的核心關懷的話，我想無庸置疑的是：「大沉睡」是什麼樣的事件？它的意義和意圖為何？⑥最近有一些學者主張，我們應該放棄這一個無助於我們

③特別指的是〈創世紀〉相關的章節。

④馬奎斯《百年孤寂》。

⑤蘇偉貞〈靈犀〉。

⑥一種抽象的提問方式是：這個事件本身是否帶有目的或本質？有一些宗教宣稱「大沉睡」就是一切的起點，在這之前沒有先人，一個至高的造物創造了「大沉睡」甦醒那一瞬間世界上的一切。這種說法很省事，但不是嚴肅的知識立場所能接受的，至少在我們確認這個造物的存在之前不能。

的生活的問題，他們認為這個問題只是讓我們沉溺在那批無窮無盡的電子資料裡。他們質疑，既然我們無法知道世界上這些東西是怎麼出現在這裡的，我們也無法確定那批電子資料的真偽與來源。換言之，我們很可能是把精力浪擲在根本係出偽造的東西上面。

　　我今天的演講不可能解決這個論爭，在這裡我只能簡短地做個回應，以維護我們的學科（當然，隸屬於知識界之下）的正當性。一是：我們不知道這批資料的來歷、也就不會知道它們的目的與意義，但這卻是最有可能讓我們了解自身歷史的資料，光就我們可以讀懂它們這件事情就已經暗示了我們作為讀者的義務與可能；無論是誰（？）促成了「大沉睡」以及那之後的世界，他們很顯然就希望我們讀它們。謊言（就算是的話）會不小心吐實，虛假的史料也會透露出自己的祕密。二是：我以和反對者同樣實用主義的態度來思考，我的結論卻是，這個問題、這批資料聚焦了全人類最高度的智力活動，其上建構了我們所有知識系統，包括最實用的那些。因此研究它並不是像反對者所說的無助於生活的，它反而成為了生活中最精華的核心。

　　人類有許多共同的傾向，我們不但可以在現實生活中觀察到，更發現這與資料中的先人們若合符節⑦。對今天的我們來說，最重要的一個傾向便是將「歷史」延伸為「未來」的天性。這與我們的認知結構有關，所有的知識都是經驗（歷史／記憶）告訴我們的。昨天新竹氣溫很低，所以新竹下雪了，於是未來氣溫又變低的時候，我們就會知道新竹要下雪了。

我們的學科正是基於這樣的理念建立起來的。「抒情考古學」（sensibility-archeology）這個名字，正如它字面上所顯示的，從來就是面向著歷史的。在古典的用法裡，考古學總是和挖掘、重建和復原連結在一起的。它建構從時間之初一直到當下的每一個人類場景，讓人類活動的軌跡能夠具體地呈現，人們便能安心地繼續往未來移動。一部最近很熱門的小說⑧描寫道，「大沉睡」實際上是我們的先人製造出來的，他們預知了地球的重大氣候改變，因而將自身封凍起來，並且準備了甦醒之後所需的一切生活裝備。但封凍讓所有人的記憶都遺失了。換句話說，我們就是失去記憶的先人。這當然不是一個需要嚴肅看待的論點，然而應該指出的是，在這篇小說裡，先人們為了未來的災難犧牲了過去，像一種交換條件、一種代價；而我們則被描述為一群無知地活在浩劫之後的人，因

---

⑦如果我們有時很像「他們」，這樣研究他們就更不能算是毫無用處了；這些知識遲早能夠反饋到我們身上。

⑧H．J．S〈天國的後門〉。

而對未來毫無想法。它不無煽情地在結尾暗示，如果有下一次的災難，我們要拿什麼去換未來？這種思考方式，正分享了我們與生俱來的線性時間感，歷史是光源而我們的生命是直線前進的光線。

這命題或者可以簡化地說：當我們對歷史不夠理解時，我們總是無法邁出下一步。就像前面提到的我母親，她每天早晨醒來時，都膽怯地問：「今天是拿週刊的日子吧？——謝天謝地。」

每一種特定的歷史，每一種特定的記憶，都將指向特定的未來。這是我所有思索的基礎。所以，「抒情考古學」指向的便是我們切身的情感的未來。我們的情感有多少種可能？我們該如何看待情感這件事情？它究竟是怎麼發生的，而它有沒有本質或者目的之類的東西？

我將用一個實際的例子來展開「抒情考古學」的討論，也請大家不要忘記我們剛剛關於「大沉睡」的想法，如同我等會兒將揭示的，那不只是開場白，而正是今天的主調。我要談的文本⑨是〈巠觀〉，一篇我們至今不知道作者、但幾乎可以說是一手建立我們這個學科的文本。十多年前，當S・F・C教授從電腦裡發現它，並且對它做出簡單的分析的時候，她當然沒能預知她的文章將帶來多大的迴響。她最精準的段落至今仍然常被引用：

〈巠觀〉呈現的是一種「撲空」的結構。不只是文本裡面含蓄提及的「追尋」或「遲到」，而是「撲空」。敘事者找不到C，C找不到母親，警察找不到C，所有角色都找不到巠觀（或者找到了，但無法進入），讀者也找不到那批稿件的作者（是C寫的，還是敘事者的「抄寫」已經滲透入作品裡了？）。⑩

對現代讀者來說，「撲空」的還得再加上一項：現代學者找不到〈巠觀〉文本裡提及的十篇左右的文章，很顯然，這批文本若不是沒有被建檔，就是還藏匿在我們尚未讀到的地方。

⑨這也是一個被我們誤用的辭彙，我們現在所說的「文本」，在他們的語言裡也許更接近「檔案」或者「文件」，強調的是符號紀錄的真實性；他們所說的「文本」只是以某種規則組織起來的符號系統，無關乎指涉的真偽。

⑩S．F．C〈記憶的灰泥，歷史的空白：試析〈巠觀〉〉。

〈堊觀〉敘述一名主角尋找他失蹤的小說家朋友C的經過，他透過C的遺稿找到了很接近的地方，但最終仍未竟全功。

學者有興趣的正是那批遺稿。然而，並不是沒有人懷疑過這批遺稿是否真的存在；畢竟我們根本無法分辨〈堊觀〉是不是虛構作品。對我們來說，勉強能夠算得上證據的只有在〈堊觀〉文本中提及的黃錦樹的小說〈死在南方〉，因為文本裡提到這兩篇的寫作模式基本相同：

> 在我決定這樣的寫作形式時，我才終於理解那篇沒有正文標題的〈死在……〉意指為何。這典出於一個學術、寫作俱有成績，然而並不為市場（包括文藝青年的市場）所熟悉的作家黃錦樹，在他的首本小說集裡正有一篇〈死在南方〉，寫的是中國移居至南洋的作家郁達夫。作者宣稱，他找到了郁達夫在南方失蹤之後的一批殘稿，以引文的方式將這些殘稿接用在行文中。
>
> 這不正是我決定的寫作形式？⑪

於是，問題便變成了「〈死在南方〉裡的郁達夫引文究竟是真是假？」S・F・C教授認為，在文本裡已經提到了〈死在南方〉是一篇小說，而就我們對當時「小說」此一文類的了解，多半是以虛構為多，因此她也僅僅將〈堊觀〉視為虛構作品，並不去追查那些「遺稿」的下落。此處推論嗣後引發了一場激烈的討論，所有第一代「抒情考古學」的重要學者都參與其中。例如L．Y．C教授便認為，〈堊觀〉的作者顯然是對書寫這件事情本身極度重視，作者再三寫出「文字的殘影疊印在灰質的堊地山面，一部分碎散的筆劃落到堊觀的飛簷上頭，我彷彿聞到線香的味道。」這樣的句子，而一個對書寫如此認真的人，竟花精力在虛擬創構一個沒有任何歷史的、憑空而出的文類——小說——是不可想像的。並且，〈堊觀〉採取的引註、縮排換字格式，在當時的脈絡下應是知識檔案的固定文體，而不屬於小說。他主張，我們應將〈堊觀〉視為一份歷史文件，即使那只是一個人的記憶。

其他反駁的說法主要有二：一，在先人的文學史紀錄裡，「寫實主義」一直是重要主流，因此所有的敘事作品都具有歷史的價值；二，「虛構論者」認為小說的訊息不可信，卻又根據小說裡的訊息來推論，顯然有矛盾。如果〈堊觀〉是小說，則它說〈死在南

⑪〈堊觀〉，姓名已不可考。

方〉是小說，是不是一個可靠的訊息呢？

我想我必須在各位「沉睡」之前停止這個考古話題了。是的，各位可以設想，學者們是不可能長期陷在這種無法解決且令人昏昏欲睡的爭論裡的。另外一批讀者從〈亞觀〉和S．F．C教授的〈記憶的灰泥，歷史的空白：試析〈亞觀〉〉裡讀出了新東西。他們是以研究「遺棄」這種情感成名的C．E．Y、研究「犯錯」的J．Y．R、研究「沉默」的C．C．F……以及其他各式各樣開創「抒情考古學」的研究者。他們不再去注意文本本身究竟是「真實」或「虛構」，因為對〈亞觀〉的同時代人來說，敘事作品的「真偽」只在一個層面上有意義：即，某一文本所表達的情感是否真誠。因此，重要的是S．F．C分析出的「撲空」這種情感；而她得出這種情感的手法，便成為了抒情考古學最初也是最有力的方法基礎。

學者們分析文本之中的情感，試圖以不同的情感為文本們分類、排出譜系，找出情感的內在歷史路徑⑫。在「抒情考古學」的框架底下，〈亞觀〉並不是最豐富的文本，相較之下，郭松棻⑬、黃碧雲⑭或白先勇⑮的作品能夠告訴我們的事情還要更多。我今天要將它再拿出來談，不僅僅是因為它是一個抒情考古學學術史上的重要案例，更是因為，它可以拿來分析「記憶」這件事情。這正是我半生學術生涯裡最關心的課題，因為我始終認為，這關係到人類的全體命運，關係到「大沉睡」。

我無意否定前輩學者的貢獻，但我認為，以「記憶」作為分析框架最大的好處是，所有的文本從此便能夠融匯進同一體系裡，因此能夠取得更完整的視野。J．Y．R教授的「錯誤」體系談過〈堊觀〉與黃錦樹的〈錯誤〉之間的關係，更將這種情感的系譜追溯到鄭愁予的〈錯誤〉和溫庭筠的〈望江南〉。這種出入資料之間的矯健身手與功夫當然很令人敬佩，但是這種譜系永遠只能解釋某一群作品，若是套用在其他作品上，比如張大春的〈將軍碑〉或者賴和的〈不如意的過年〉，就顯得格格不入。

然而「記憶」不同。記憶是小寫的歷史；我們的歷史，「大沉睡」，也是從集體的失去記憶開始的⑯。這種意義的關連性不僅是象徵上的，也是切身的。自我有記憶以來，

---

⑫在此我們更看清楚了當代學者們強烈的歷史——未來渴望。找出歷史路徑為的就是能將這條線延長到現在之外，試圖在我們親身走到之前，先一步看見前方的風景。

⑬郭松棻《奔跑的母親》。

⑭黃碧雲《烈女圖》、《無愛紀》。

⑮白先勇《台北人》、《孽子》。

⑯先人們早有「以文化為文本」的研究方法，這在學界少有人提及，事實上是一個有豐厚潛力的理論架構。

將每日所見、所想輸入電腦存檔便是每個人都熱中的事情，記錄這種行為比喝水、進食或者睡眠等生理必需的動作還要頻繁。我們說不出為什麼，也許是焦慮下一秒隨時都將有不明所以的「大沉睡」，怕自己醒來之後什麼都忘了，還得重新學習自己。是的，我小時候是這樣想的，如果有一天我必須重新學習自己，我還有這些電子資料。三十多年來，我們的人口只增加了百分之二十，但我們的電子資料卻增加了千百倍，唯一的差別是小時候使用的合金輸入器換成了可以記錄聲音的裝置。

我們從「命名的狂熱」轉移到「記憶的狂熱」。

但這並不是一件新東西，它是我們從先人身上帶來的天性之一。〈至觀〉也提到了這種執著，而且是再三致意。透過一疊遺稿——這當然是記憶的物理形式；即使可能受過變造、扭曲，它仍然是一種記憶——尋找一個人這件事情本身就有令人玩味的意義。在文本裡，同樣在尋找C的警察拜訪了敘事者：

警察找上門來，再次細細地問了我最後一次見到他的場景。出於我前面說過的考量，我只說C曾說過是要去尋找母親，隱瞞了文稿的事。這文稿到了其他人手上也沒有用，沒有人比我更了解C，也沒有人比我更有資格破譯、推論、詮釋這些文字。在談話的結尾，我終於忍不住告訴警察（也許是因為他看起來十分年輕）：

「去讀讀他的作品吧。」

敘事者的忠告是「去讀讀他的作品」，用我們的話說就是「去讀讀他的記憶吧」。那是建構一個人之所以為人之所在，唯有知道了C的過去，才能夠更接近C的現在與未來。敘事者特意強調警察「看起來十分年輕」，而我們知道的是，時間、敘述與記憶這三個概念從來都是被綁在一起的，這種「年輕」正暗示著警察關於記憶的資歷的匱乏與淺薄，而相對照的是與C朝夕相處過的敘事者，「沒有人比我更了解C，也沒有人比我更有資格破譯、推論、詮釋這些文字。」警察的年輕使他遠離了歷史，也就遠離了未來。

C的殘稿裡也提到：

如果只是那次爭吵，我想母親不至於出走的。必是有什麼埋得更深、早已潛伏如某種病灶的傷害。日常生活總是那麼地漫不經心，那麼地缺乏自覺，以致於連受傷的人都不知道自己受傷了，一回神過來，內心已然寸草不生。就像是垩地。此後所有的情感都無法穿透了，水流只能造成一些溝渠，從來就無法抵達最深的內裡。

日常生活的漫不經心、缺乏自覺，對我們來說只是用細節使「缺乏記憶」這個概念更聚焦、清晰而已，它的意義仍然是一樣的，它的後果依然危險：整個成為寸草不生的堊地。作為一切隱喻中心的「堊觀」是一座建立在惡土上的寺觀，任何人進來這裡都會失去言語和思考的能力，因而敘事者找到這裡便找不下去了。

問題回到了失憶。一個有趣的巧合是，「失憶」和「詩意」的發音一模一樣。「大沉睡」之後的我們很少人知道「詩意」這個辭彙，這個概念對我們來說也是很陌生的，但對先人來說，這是一個不太需要解釋、因而我們也就很難在資料上找到解釋的詞，我們只能從他們頻繁使用的文本中推測其意義。對我們來說，情感這件事情本身是可以客觀抽離出來討論的，就像是文字檔案那樣，是絕對精確、毫無歧義的東西。但是先人卻很喜歡讓情感處在一種曖昧不明的狀態裡：是愛也是恨，不是思念也不是遺忘。他們稱這種情況叫做詩意，宣稱這是知識無法介入的領域。

我們可以很清楚地洞穿他們的盲點：他們的「詩意」只是對透過選擇性的再現，使文本遺落某些情感的環節，使之模稜、使之失去精確指向的可能；換言之，這其實是一種刻意的「失憶」。儘管他們（因為某種我們不知道的理由）使情感淆亂，但對記憶的執著仍然從潛意識中露出。他們仍然秉持著天性賦予的認知結構，相信過去是通向未來的，因此要前往未來，必得先掌握記憶——雖然未必是記憶的全景。

在這一層認識的基礎上，〈巠觀〉就顯得很特別了。在文本的結尾，掌握記憶最多的敘事者終究還是找不到他的朋友C。前代學者提到「撲空」，但這一次的「撲空」跟其他幾次不同，它扭轉了認知結構的必然性。在此，〈巠觀〉的作者提出了一個質疑：我們的這種「歷史——未來」的推論是這麼確然無疑的嗎？敘事者擁有一切的知識和記憶，可是最終還是被一個一片空無的地方給困住了，他也許比警察走得再遠一些，但一樣都是到不了終點的。喬治・歐威爾關於歷史的名言⑰言猶在耳，可是〈巠觀〉的作者說：有那麼一座巠觀，我們對未來的想像……，不，我們對未來根本無法想像，即使我們充滿著記憶。

這個結構聽起來是否有點熟悉？是的。就像是「大沉睡」。我們能走到最遠的地方就是巠觀，就是大沉睡，再遠，是連電腦資料都無法記住的地方了。

⑰喬治・歐威爾《一九八四》。

主持人的結語：

已經到了該結束今天談話的時間了。在經過今晚C．Y．S教授的演說後，我相信我們又距離「大沉睡」的答案更近一步了，這也許是難以察覺的一步，但是珍貴的一步。我相信各位今天在對著機器記錄記憶的時候，會充滿知性滿足地把「抒情考古學」給放進去。今天的這一條記憶將會充滿知識力量。謝謝C．Y．S教授，也謝謝各位的參與。

2012 **5/5** **新書講座**

【講座主題】

收藏我們的遍體鱗傷

主 講 人／朱宥勳

特別來賓／高翊峰

時　　間／5/5（六）15：00～17：00

地　　點／永樂座書店

（台北市泰順街60巷9號B1 (02)2368-3881）

洽詢電話／02-27494988

國家圖書館預行編目資料

巠觀／朱宥勳著. --初版. --臺北市:
寶瓶文化, 2012. 4
面； 公分. --(Island；166)

ISBN 978-986-6249-79-2 （平裝）

857.63 101005352

island 166

巠觀

作者／朱宥勳

發行人／張寶琴
社長兼總編輯／朱亞君
主編／張純玲・簡伊玲
編輯／賴逸娟・禹鐘月
美術主編／林慧雯
校對／張純玲・賴逸娟・陳佩伶・朱宥勳
企劃副理／蘇靜玲
業務經理／盧金城
財務主任／歐素琪 業務助理／林裕翔
出版者／寶瓶文化事業有限公司
地址／台北市110信義區基隆路一段180號8樓
電話／(02)27494988 傳真／(02)27495072
郵政劃撥／19446403 寶瓶文化事業有限公司
印刷廠／世和印製企業有限公司
總經銷／大和書報圖書股份有限公司 電話／(02)89902588
地址／台北縣五股工業區五工五路2號 傳真／(02)22997900
E-mail／aquarius@udngroup.com

著作完成日期／二〇一二年
初版一刷日期／二〇一二年四月十二日
ISBN／978-986-6249-79-2
定價／二七〇元

財團法人|國家文化藝術|基金會 補助出版

愛書人卡

感謝您熱心的為我們填寫，
對您的意見，我們會認真的加以參考，
希望寶瓶文化推出的每一本書，都能得到您的肯定與永遠的支持。

系列：Island166　　**書名：至觀**

1. 姓名：＿＿＿＿＿＿＿＿　性別：□男　□女
2. 生日：＿＿年＿＿月＿＿日
3. 教育程度：□大學以上　□大學　□專科　□高中、高職　□高中職以下
4. 職業：＿＿＿＿＿＿＿
5. 聯絡地址：＿＿＿＿＿＿＿＿＿＿＿＿＿＿＿＿＿＿＿

　聯絡電話：＿＿＿＿＿＿＿＿　手機：＿＿＿＿＿＿＿＿
6. E-mail信箱：＿＿＿＿＿＿＿＿＿＿＿＿＿＿

　□同意　□不同意　免費獲得寶瓶文化叢書訊息
7. 購買日期：＿＿年＿＿月＿＿日
8. 您得知本書的管道：□報紙／雜誌　□電視／電台　□親友介紹　□逛書店　□網路

　□傳單／海報　□廣告　□其他
9. 您在哪裡買到本書：□書店，店名＿＿＿＿＿　□劃撥　□現場活動　□贈書

　□網路購書，網站名稱：＿＿＿＿＿＿　□其他＿＿＿＿＿
10. 對本書的建議：（請填代號　1. 滿意　2. 尚可　3. 再改進，請提供意見）

　內容：＿＿＿＿＿＿＿＿＿＿

　封面：＿＿＿＿＿＿＿＿＿＿

　編排：＿＿＿＿＿＿＿＿＿＿

　其他：＿＿＿＿＿＿＿＿＿＿

　綜合意見：＿＿＿＿＿＿＿＿＿＿＿＿＿＿＿＿＿＿＿＿＿＿＿＿
11. 希望我們未來出版哪一類的書籍：＿＿＿＿＿＿＿＿＿＿＿＿＿＿

讓文字與書寫的聲音大鳴大放

寶瓶文化事業有限公司

（請沿此虛線剪下）

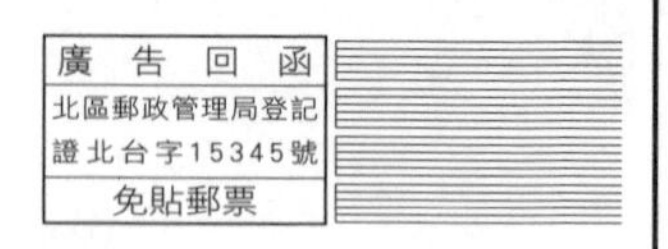

寶瓶文化事業有限公司　收
110台北市信義區基隆路一段180號8樓
8F,180 KEELUNG RD.,SEC.1,
TAIPEI.(110)TAIWAN R.O.C.

（請沿虛線對折後寄回，謝謝）